Cuando el frío
llegue al corazón

Manuel Gutiérrez Aragón

Cuando el frío
llegue al corazón

EDITORIAL ANAGRAMA
BARCELONA

Diseño de la colección: Julio Vivas y Estudio A
Ilustración: foto © Mark Owen / Arcangel Images

Primera edición: octubre 2013

© Manuel Gutiérrez Aragón, 2013

© EDITORIAL ANAGRAMA, S. A., 2013
  Pedró de la Creu, 58
  08034 Barcelona

ISBN: 978-84-339-9766-1
Depósito Legal: B. 17705-2013

Printed in Spain

Reinbook Imprès, sl, av. Barcelona, 260 - Polígon El Pla
08750 Molins de Rei

Por cierto que también tienen bosques consagrados a los dioses y templos en los que los dioses están de verdad, y tienen profecías, oráculos y apariciones de los dioses, y tratos personales y recíprocos. En cuanto al sol, la luna y las estrellas, ellos los ven como son realmente, y el resto de su felicidad está acorde con estos rasgos.

PLATÓN, *Fedón*
(Traducción de Carlos García Gual)

I. La primera mañana del mundo

Siento las vacaciones, no, no hay que madrugar, desvelamiento, ensueño.

Papá me había llamado antes de salir para el matadero. Yo dormía aún.

–Hola, gandul. ¿Quieres ver la plaza de toros por dentro? Si vas a venir, te das prisa.

El tiempo alarga sus codiciosos minutos, el sol se despereza tras sábanas de nubes, primera mañana del mundo.

Me aguardó lo justo, y oí la puerta al cerrarse. Si quería encontrarle, tenía que apresurarme. Después de reconocer a los toros para la lidia de la tarde, mi padre se iría a su trabajo en el matadero municipal.

En la primera mañana del mundo mi madre había acudido temprano a misa, a comulgar.

Rufi ya había hecho la colada –bañadores, camisas de verano– y preparado el desayuno.

–No te ha esperado, tardas mucho en vestirte,

11

Ludi. Tu padre es muy rápido –dijo Rufina, despidiendo olor a jabón y café con leche–. No saliste a él. Añadió, mientras daba un inútil toque al cuello de mi camisa y me pasaba una mano por el pelo:

–Te pasas media hora haciéndote la raya.

En la primera mañana del mundo –todas lo eran mientras adolescía– me encaminé hacia las afueras, por aquella calleja que da al camino del monte Véspero, antigua morada de dioses, hoy dedicado a la ganadería de ordeño. La luz era rosada en la cima, ancha y calva.

Corrí para alcanzar a mi padre, pero sólo logré ver la puerta de cuadrillas al cerrarse. El edificio tenía unos arcos moriscos como los del urinario de la Plaza Mayor –me fijé en ellos por vez primera esa mañana, como si no los hubiera visto decenas de veces. De los muros colgaban toreros amarillos y toros enormes, de los que casi se oía el resoplido saliéndose del cartel.

Me asomé al ruedo.

Los dos areneros me saludaron desde los medios.

–Ondevás, chaval.

Ese verano se llevaba el ondevás como saludo, el año pasado fue ahivá. Los mayores de catorce años estábamos siempre atentos a la moda vocal.

Baldomero y Félix se empleaban de areneros por las fiestas, pero ser, lo que se dice ser, eran matarifes del matadero municipal, a las órdenes de papá.

—¿Habéis visto a mi padre?

—Pasó por aquí, con prisa. Es veloz tu padre.

Di un arco de vuelta por el callejón, y me detuve en el portón por el que salen los caballos de picar. Me volví para mirar el desierto ruedo. Las localidades caras, las de sombra, estaban todavía expuestas al sol tempranero.

En la luminosa mañana de vacaciones me adentré en la sombra del patio de caballos, y pestañeé para acostumbrarme a la oscuridad. Oí ruido de cerrojos y el arrastre de travesaños. Cuando abrí los ojos, vi ante mí varias puertas cerradas con tablones. Tras las maderas pintadas y repintadas, se oía el resoplido de los toros en los chiqueros. Para ellos sería la última mañana de su vida.

Mi padre —discurrí— estará ahí dentro, valorando a los toros para la lidia, los buenos a morir, los malos a salvarse. ¿Qué puerta podía abrir yo sin equivocarme y precipitarme en un corral lleno de toros bravos y mugientes?

Nunca había visto las tripas de la plaza, ni la capilla, ni la enfermería, ni los callejones, y esa mañana primera esperaba que mi padre me iniciara en su conocimiento.

Llegó Higinio, barbero de la Plaza Mayor en la vida real, y alguacilillo y torilero en la vida taurina.

—Tu padre pasó por aquí. No sé, alguien vino a

13

buscarle, no sé. Desapareció con prisas. Puede que recibiera un aviso urgente, alguna vaca malpariendo.

Higinio llevaba un sombrero cordobés y traje corto, prendas que, en nuestra comarca de vacas lecheras, le hacían aparecer como una ilustración del programa de carnaval.

Me guiñó un ojo.

–Tu padre es muy rápido; en todo.

Deambulé por los pasillos, subí y bajé escaleras, me asomé a burladeros y portones de servicio. No había nadie, sólo montones de serrín, arena para el ruedo y mangas de riego. De vez en cuando se oía un mugido; los toros estaban en los chiqueros, asombrados y nerviosos, llamándose los unos a los otros, o quizá desafiándose.

–¡Ondevás, oye!

Me volví, sin reconocer la voz. Apareció Rafistófeles, el taxista, preguntándome a su vez por mi padre.

–Es raro, me había citado para llevarle a Quimera, a visitar una vaca que no rumia –dijo.

Ya eran las diez horas de la primera mañana del mundo, y yo aún deambulaba por el interior de la plaza de toros, los pasillos curvos y los cruces oscuros.

Oí unos pasos en el patio de cuadrillas.

–¿Papá?

14

Un desconocido abrió de sopetón una puerta, casi con violencia. El olor a éter y a desinfectante se expandió por el patio. Miré el letrero de color rojo sobre fondo blanco. Estaba rotulado como enfermería, pero se habían olvidado del acento sobre la i, y las letras mismas parecían enfermas y despintadas. El hombre me miró enfadado, como si le hubiera interrumpido en su trabajo, que yo no sabía cuál pudiera ser a esas horas y en tal lugar, sobre todo no siendo él médico de la plaza. En éstas, oí un quejido que venía del interior, donde ni luz había, y malamente podrían estar atendiendo a enfermo alguno.

—Vete de aquí, chaval..., anda, fuera ahora mismo.

Llevaba chaqueta de lana y corbata desanudada, prendas que le debían de dar mucho calor, porque estaban húmedas de sudor, con unas grandes salpicaduras aquí y allá, como si se le hubiera caído encima el café con leche del desayuno.

—Es un policía —me dijo Rafistófeles—, le traje de la estación. Se fue a ver a Ramiro, el secreta.

Y movió los ojos y se llevó un dedo a los labios, con aire de quien sabe más de lo que dice.

—Quizá papá —dije— se ha ido a Quimera con alguna otra persona que se ha ofrecido a llevarle.

—Me hubiera avisado, sabía que le esperaba aquí, con el coche. No, no ha salido de la plaza de toros, le hubiera visto.

15

En esto llegó el municipal, Bermudo, y se sorprendió de verme.

—¡Epa, chaval! ¿Qué haces tú aquí?

Bermudo no sabía que epa era una expresión anticuada, caída en desuso.

—Voy a cerrar la plaza, no quiero ver a nadie dentro. Hala, hala, despejad.

Me topé con Luisín Culovaso, compañero de clase y voluntario de la Cruz Roja, donde formaba parte de la banda de trompetas y tambores. En la plaza lanzaba el clarinazo de salida del toro.

—¡Ondevás! —exclamó al verme—. Sí, he visto pasar a tu padre, iba con Ramiro, el de la secreta. Oye, espera, no corras...

Pero yo ya me veía saliendo para Quimera, en busca de mi padre antes de que terminara la mañana.

¿Dónde iba a estar si no estaba en la plaza? ¿Dónde iba estar si no era con las vacas con mastitis, ubres inflamadas o vacías de leche, o vacas que se niegan a amamantar a los terneros huérfanos?

Oí un silbido detrás de mí, cuando salía por la puerta que daba a las afueras, a los baldíos, por la que sacaban a los toros ya muertos.

Era otra vez Luisín, quien me dijo que el hijo de Ramiro, el secreta, le había dicho que mi padre no iba a salir de la plaza de toros, y que, de salir, no lo haría tan entero como había entrado.

—¿Y él cómo lo sabe? Eso no puede saberlo, primero porque no me lo creo, y segundo porque su padre nunca se lo habría contado.

En la puerta estaba Rafistófeles y unas cuantas personas más.

–Tú vete para casa, Ludi –dijo el taxista–. Tu madre te estará esperando.

Adoptó un tono duro, para neutralizar cualquier emoción:

–A tu padre le están interrogando en la enfermería.

Me fui despacio, no quería que vieran mi prisa, mi angustia. La mañana se estropeaba minuto a minuto.

Por el camino, a la altura de la bolera, me encontré con el hijo del policía, José Antonio.

–¡Epa, Ludi!

Y siguió andando sin hablarme más.

José Antonio aún decía epa, como el guardia Bermudo, y no ondevás, como todos nosotros, los jóvenes modernos.

Pedaleaba hacia Quimera. No había querido subir a casa, ni hablar con mi madre. Simplemente, cogí la bicicleta, como en tromba, de su sitio bajo la escalera. Una Orbea plateada y bien engrasada, cuidada. Pedaleaba llorando, y me sorbía los mocos.

Las lágrimas hicieron brotar una ilusión: que aquello era una broma. Todos –Higinio el barbero, Luisín Culovaso, mis amigos, mi propio padre, todos, digo– podían haberse puesto de acuerdo para hacerme una broma, un engaño, coincidiendo con el comienzo de las vacaciones, y con la que esperaban sorprenderme. Una representación perfecta. Pasaban árboles y zarzas cerca de mí, y borrones de colores, camiones y el autobús de línea. Pedaleé junto a la cuneta y seguí y seguí, cegado, ciego, mirando sin ver.

Reanudé mi inútil fantasía: si fuera una broma, papá estaría en Quimera, y aparecería de pronto en la siguiente curva del camino, o en lo alto de la peña blanca, o daría un grito, escondido tras el roble añoso.

–¡Ondevaaaás, Ludiiii! –diría.

Yo pedaleaba y lloraba.

Detuve la bicicleta junto al árbol, el roble de la plaza asimétrica de Quimera. Había un hombre vestido con mono azul y botas de goma manchadas de estiércol. Era un hombre fuerte, muy alto (luego, años más tarde, en el ahora de ayer, el recuerdo se ha modificado), de pelo rojizo y cuerpo flexible como vara de avellano.

Me miró un rato, esperando que yo hablara primero. No lo hice. El que empezara a hablar tenía desventaja, enseñaba las cartas, así que aguanté. El Pelirrojo también permanecía mudo.

El suelo de la plaza estaba inclinado hacia el lado sombrío. Había una iglesia de aspecto jorobado, reconstruida tras un incendio. Antes de que levantaran la iglesia, el roble era ya viejo, del tiempo de los antiguos dioses. Resistía, el árbol aguantaba esperando las primaveras y la visita de las ninfas, que en estos tiempos modernos tenían formas de novillas núbiles, decía papá.

El hombre hizo como que rascaba el estiércol de las botas contra unos cantos, pero realmente estaba pendiente de que yo dijera algo.

Permanecí en silencio. Ninguno de los dos nos decidíamos a acercarnos al otro.

El Pelirrojo, al fin, echó a andar y se colocó debajo del roble, próximo a mí, pero sin mirarme.

–Estoy esperando al veterinario de Vega. Tengo una vaca mala.

Apareció una mujer en la plaza con un niño en brazos. No nos miró, pero vernos sí que nos vio, porque al doblar la esquina se volvió furtivamente.

Él dijo, cuando ya estábamos solos en la plaza:

–Oye, ¿tú no eres el hijo del veterinario?

Me encogí de hombros.

–¿Ha venido contigo? ¿Traes algún recado?

No, yo no era un recadero. Estuve a punto de decirle que mi padre había sido detenido, que no le íbamos a ver en mucho tiempo, y que si de verdad había una vaca enferma, lo mejor es que llamaran a otro veterinario.

Pero no hizo falta salir de mi silencio. Si había algo oculto, que yo no conocía, sabría interpretarlo.

19

Me subí en la bicicleta sin que él añadiera nada; tampoco se movió, se quedó allí con su cara de palo y su pelo rojizo.

No quise regresar a casa, no, todavía no. Iba andando, con la bici cogida por el manillar. Busqué a los amigos por las plazas y bares de Vega. Aún era pronto para ir a comer. Pero ese mediodía parecía que todos se habían esfumado. Ninguno en los bares de la Plaza Mayor, ni paseando arriba y abajo por el bulevar, ni en los bancos del parque, donde solíamos. La gente conocida que encontraba me saludaba cordial: aún no sabían la desventura, el acontecimiento inesperado, el hecho que iba a dar que hablar, aquel suceso que motivaría que yo fuera un apestado y apartaran la vista a mi paso. Todavía no. Su saludo distraído indicaba que no sabían.

Pero, de los amigos, ni rastro.

Creí ver a uno de mis compañeros, al que llamábamos Miramamolín, de apellidos reales Cobo Menudo, ante la vidriera del cine, mirando las fotos de anuncio; quizá él también me vio a mí, reflejado en los cristales. Las fotos estaban algo desgastadas por los bordes, agujereadas para sujetarlas a la madera.

Miramamolín se apartó, se fue sin mirar atrás, y yo me quedé contemplando mi propia imagen sobre las caras tintadas de los actores, color y chincheta.

—¡Miramamolín! —llamé quizá con voz no suficientemente alta, porque no se volvió.

Él ya sabía.

Era eso.

Pedaleé de nuevo por las calles principales, y di la vuelta a la Plaza Mayor.

Por fin, vi a uno de mis amigos, frené en seco.

—Ondevás —dije—. Te invito a un mosto.

Él era Bernardo Estévez, el hijo del juez Estévez. Un chico serio y estudioso.

—Noooo —dijo enseguida—. Me tengo que ir a comer.

—Es temprano, tu padre estará todavía en el juzgado.

—Ya, pero es igual. Me voy.

Él también sabía.

Me llegué de nuevo a la plaza de toros y la rodeé por entero, pedaleando. Los portones estaban cerrados, las taquillas sin abrir, el patio de caballos vacío.

Encontré un hueco en el portón del desolladero, un agujero angosto que parecía que estuviera esperándome.

Dentro de la enfermería no había nadie. En la penumbra brillaban a la luz oblicua los instrumentos quirúrgicos. De alguna parte lejana venía un roce de pezuñas y testuces.

Había, sí, una cama de hospital con las sábanas dobladas y limpias. En apariencia, allí no había ocurrido nada. Todo estaba preparado y en orden, por si sobrevenía un percance en la corrida de la tarde, una cornada, un susto, mero desgarrón o cogida.

Pero ningún resto de interrogatorios o brutalidad policial.

—¿Papá...? —La llamada era inútil, ya lo sabía.

En casa, de vuelta en la noche, escuché los pasos de mi tío en el dormitorio de mis padres, taconazos recios y decididos. Abrían y cerraban cajones, oí romper papeles, quizá fotos y carnés. Pero ¿mi padre aún guardaba algo de los tiempos en que era veterinario del cuerpo de caballería —división hipomóvil, decía él sonriendo—, algún diploma, orla, papel con las armas de la República, cuño y hierro?

—Es muy capaz de eso y de más —oí la voz del tío Pelayo.

Le oí dar una patada a algún mueble. La puerta retembló.

Me imaginé a mi madre tendida de bruces en la cama, llorando.

—Lo ha vuelto a hacer —oí.

Por las palabras de uno y otro saqué la conclusión de que mi padre seguía luchando, que la guerra y la derrota no habían sido suficientes para doblegarle. Le iban a acusar de asociación ilícita. El nombre de la organización se pronunció en voz aún más baja, como si ninguno, madre y tío, quisieran sentir el roce de la palabra en sus lenguas.

Abrí la puerta de un golpe y me planté en medio del dormitorio, poniendo los brazos en jarras, gesto con el que imitaba a mi padre.

El tío Pelayo apretó los labios ante mi irrupción, una mueca de amargura.

—Dile a tu hijo que llame antes de entrar —dijo a mi madre, fingiendo paciencia—. Es una norma de educación.

Mi madre ya no lloraba, pero al verme le acudieron de golpe las lágrimas a los ojos. Parecía que no le iban a salir las palabras:

—Tu tío nos está ayudando.

Me estrujó sollozando. Las manos le temblaban. Tuve que abandonar mi actitud rígida para responder a su abrazo.

El tío Pelayo me miraba con dureza. Él había salvado a mi padre de la condena a muerte, tras la guerra y el consejo sumarísimo. El tío Pelayo Pelayo era «el hombre que salvó a papá», hecho que no mencionaba nunca pero que parecía estar siempre presente. Ahora mismo, en su mueca amarga.

«¿Cómo me hacéis esto, con todo lo que he hecho por vosotros?», parecía decir.

Me fijé en que teníamos un vago parecido, quizá en las cejas arqueadas y el dibujo de los labios. Él fue mi padrino de bautizo, y por eso me pusieron de segundo nombre el suyo, Pelayo. Mi primer nombre es Ludivino, Ludi, un nombre que resplandece de luz celestial para el hijo del irreverente veterinario de Vega. Ludivino-Pelayo Rivero Pelayo.

Me dijeron que saliera del dormitorio, y ellos dos se quedaron solos, registrando cajones y mirando por encima de los armarios.

Salí al pasillo, y pasé junto al paragüero y la estantería de la entrada.

¿Dónde estabas, padre mío? ¿Qué sombrero era el que faltaba en las perchas? Yo podía interpretar las intenciones de mi padre según el sombrero que eligiera. Si tomaba el marrón sobado, tipo fedora, era que se iba a visitar caseríos, por Quimera y demás aldeas. Si se ponía el gris de cinta negra, igual, pero a ése, tras colocárselo, le daba unos tirones en el ala delantera, un toque de castigador antiguo. O de conspirador. Si elegía un sombrero borsalino era que tenía alguna cita importante. Si se calaba la boina vieja, algo cana, era que tenía el parto de una vaca. Si se ponía una gorra a cuadros, se podía esperar cualquier cosa, o nada.

Cuando me dijo por la mañana «hola, gandul..., si vas a venir, te das prisa», no pude ver qué sombrero llevaba en la mano.

Quizá en la cárcel no necesita cubrirse la cabeza, dije, y me eché a llorar en la sola compañía de los sombreros.

¿Por qué no seguir durmiendo y despertar dentro de cien años?, me dije a la luz inquieta del amanecer, entre las sábanas revueltas.

Y continué hablándome por dentro, o sea, a mi

otro yo, mientras iba al baño: ¿por qué hago las cosas de siempre, levantarme, asearme, lavarme los dientes en esta mañana de verano, si ya nada es como ayer, ni yo ni el mundo, que se ha quedado antiguo de pronto? Y respondió el yo del espejo: me aseo porque el hijo de un republicano no puede ir por ahí desgreñado y sucio; echarían la culpa a la mala educación recibida de un padre presidiario.

Me exiliaba de casa. O más bien me invitaban a marchar, según se mire. Lo había decidido mi madre.

—Por tu bien, Ludi —dijo con lágrimas en los ojos.

Si era por mi bien, ¿por qué lloraba?

—Te irás a vivir con tu tío, mientras dure la situación.

Así quedó establecido.

Rufi sacaba la maleta del trastero, y mi madre metía sólo ropa de verano; la estancia en casa del tío Pelayo no sería muy larga.

—Él te aprecia, aunque tú no lo creas. Lo único que te pido es que seas amable, ¿oyes? Sobre todo con tu tía Rosa Eva.

Los pechos de Rosa Eva aparecieron ante mis dos yoes. Por una vez, los dos puestos de acuerdo en la misma punzada de deseo. Un yo olvidó la tristeza y el otro yo también.

Del tío Pelayo lo que más me llamaba la atención era su diente de oro y la manera de hablar.

–Vaya, vaya..., es que, es que..., ¿sí, no?, ¿eh, eh?

Partículas sueltas más que palabras, como los garbanzos que vendía.

De compañeros de viaje elegí unos tebeos de enmascarados en la selva y de magos detectives, sobados, algunos prestados, pendientes de devolución. Y una novela sustraída a mi padre, con el título y el autor arrancados el uno y borrado el otro, y en la que un joven sale una noche de un café y camina y camina en busca de perfección.

Rufi trajo las camisas planchadas y las mudas. A Rufi se le cayó una lágrima. Quizá se veía obligada a llorar si también lo hacía su señora.

–Llorad por vosotras, por mí no lloréis.

–¿Qué dices, qué estás diciendo? –dijo Rufi, sorbiendo los mocos.

–Me mandan lejos de ti, de nuestro amor –bromeé–. ¿Tú también has votado mi ostracismo, Rufi?

Rufi contó tres pañuelos, todos con mis iniciales. Añadió más calcetines y calzoncillos a los que ya había metido en la maleta.

–Que no te falte nada, que en esa casa no piensen que aquí somos unos cualesquiera, niño.

Mi partida había sido decidida por el tío Pelayo y mi madre, sin contar conmigo. ¿Se lo habrían consultado a la tía Rosa Eva, o tampoco? ¿Se iba a encontrar con un sobrino adolescente de buenas a primeras, andando por la casa, tropezando con él en los

26

pasillos, abriendo una puerta sin darse cuenta de que ella estaba detrás, vistiéndose, o poniéndose las medias, o haciendo pis sin cerrar el cuarto de baño?

–Date prisa –dijo mi madre, reaparecida de pronto en la habitación–. Te has quedado pensando en las musarañas.

Se había dado colorete, pintado los labios y recogido el pelo. Más guapa que la tía Rosa Eva.

Mientras la situación –así era llamada– se estabilizaba, con mi partida se eliminarían gastos en manutención, en estudios, y se pasaría a un mejor control del hijo del famoso veterinario, aquel hombre inteligente y extraviado. El tío Pelayo me ofrecía su hospitalidad sin pedir nada a cambio.

–Sólo seriedad –había dicho.

Rosa Eva no había sido madre hasta el momento, pese a aquel cuerpo de corza en celo, con aquellos pechos que estaban pidiendo ser mamados, y su piel de melocotón recién cogido.

–Si siguen sin hijos, algún día tú podrías heredar el negocio de Pelayo, Ludi. Tú un vendedor de garbanzos –había reído un día mi padre.

–Jamás, jamás seré un vendedor de garbanzos.

La maleta estaba hecha. Sólo quedaba una despedida breve, un último beso, alguna recomendación de última hora. Mi madre me entregó un billete de mil pesetas, no para que lo gastara, sino para imprevistos, dijo.

27

Pensé qué sería más apropiado, si decir adiós, adiós, o hasta pronto, madre. Temí que las palabras se me quedaran atravesadas en la garganta.

Les di la espalda a las dos y cargué con la maleta, que pesaba mucho, no por lo que tenía adentro, sino por el material de cuero, hebillas, herrajes y cantoneras en las esquinas. La maleta de los viajes de papá, tan fuerte y recia como él mismo. Así que yo me iba también al exilio, al destierro, como David Balfour y el Cid. Me sentí grande en la desgracia. ¡Qué importancia da el estar triste! ¡Qué bella es la infelicidad absoluta!

Rufi dijo que me acompañaba. Pero yo prefería marchar solo.

La despedida se me hizo difícil. Me costaba encontrar las palabras adecuadas.

¿Cuáles hubiera elegido mi padre? *¿Bon courage,* o hasta siempre, también yo os quiero?

Me iba, me estaba yendo, me fui, pero, al fin, volví la cabeza y solté estas palabras:

–Salud, compañeras.

Era jueves, día de mercado en la Plaza Mayor de Vega. Los puestos de todas las clases de productos de la huerta y el corral se extendían por el perímetro, lo rebosaban hasta ocupar las gradas de acceso, llegaban a las aceras que contorneaban la plaza y a las columnas y soportales de los edificios todos. Pero alto ahí, ni una sola lechuga, ni una cebolla, ni un huevo podían rebasar la sagrada frontera de los pórticos, en los que empezaba la jurisdicción de las telas, los hilos, los delantales y batas, faldas, chaquetas y pantalones. Los tinglados para el cuero y la marroquinería estaban los últimos, allí donde la plaza se convertía en calles empinadas, con los bares y casas de comida para los feriantes. Si el viento soplaba del norte llegaba un olor a callos y guisos de cuchara. Si soplaba del sur, lo que venían eran unos lamentos parecidos a los de los bebés, y chillidos de pánico, porque allí estaba la pequeña plaza de cerdos y corderos lechales. A veces sonaba a lo lejos un ulular de barco perdido en la niebla; eran las vacas del ferial nuevo, mugiendo en un solo mugido interminable.

Comenzó mi viaje por las aceras atestadas, sorteando puestos de calabazas, cebollas coloradas, puerros y espárragos verdes. Un archipiélago exuberante de fertilidad y abundancia, islas pletóricas. Las vendedoras voceaban las tiernas judías, las aceitunas gordas como huevos y los huevos grandes como peras, y las peras y manzanas como melones, y los melones gruesos como lechones dulces y tiernos.

–Toma, chavalín, ven, guapo, ¿de recados, hermoso?, prueba, muerde.

Yo cargaba con la maleta, unas veces empuñando el asa con una mano, otras con la mano contraria, a veces arrastrándola. Uf, uf, ¿no veían que yo no era un comprador, sino un muchacho que hacía un viaje incierto entre buhoneros, atractivas vendedoras y otros desconocidos peligros? Indígenas de toda condición ofrecían las frutas del deseo y el capricho, paraguayas del sur, tomates de Canarias, higos mediterráneos, primeras cerezas del otro lado de los montes.

Tuve que rodear las isletas de los quesos y productos lácteos, por cuyos istmos y estrechos estaba el paso hacia el noroeste, mi ruta. Ese desvío me obligaba a bajar las gradas de la plaza, justo hacia el callejón de la Estrella, lugar de los charlatanes y vendedores de mantas, que vienen a ser lo mismo.

Descansé un momento para escuchar la oferta de un charlatán que ofrecía una carterita de bolsillo como regalo si alguien le enseñaba –solamente enseñar, aseguró– un billete de mil pesetas. Como un juego. Me detuve; yo era un viajero curioso.

Posado en el hombro del feriante había un mono con una cadena, que me miró enseñando los dientes, como si se riera.

Cuatro personas mostraron en alto un billete de mil, sujetándolo bien, burlándose un poco de sí mismos, y haciendo ver que no creían en la promesa.

–Se creen que somos tontos..., nos quieren tomar el pelo, eso es lo que pasa.

Me encontré a mí mismo enseñando el flamante billete. ¿Qué riesgo iba a correr al hacerlo, si yo sólo era un muchacho, casi un niño, al que nadie se atrevería a estafar en público?

El mono me volvió a mirar, y casi me pareció que me hacía un gesto, una seña o algo parecido.

El charlatán cumplió su promesa, y un ayudante de cráneo rapado como bola de billar nos entregó el obsequio, una carterita imitación de piel. El mono aplaudió, complacido.

Pero el charlatán ya estaba haciendo una nueva propuesta. A quienes le prestaran –dejó bien claro que sólo se trataba de un préstamo– mil pesetas, les iba a hacer un regalo, pero sin compromiso por su parte, y sin exigencias de devolución inmediata.

–¿Tenéis confianza en mí? ¿Pensáis que todos los feriantes son iguales? ¿Que venimos a engañar y largarnos lo más aprisa posible? Pero aquí, en Vega, yo no soy un desconocido, señores míos, amigos y amigas. Vengo un jueves al mes desde hace muchos años... ¿Tenéis confianza? ¿Sí o no? –repitió el charlatán.

Nadie se decidía. El mono se impacientó. Me señaló con el dedo.

Le entregué al ayudante mi billete de mil pesetas. Los presentes me miraron asombrados. Algunos me tomaron por imbécil; un tratante de ganado insinuó que yo podía ser un gancho, formar parte del ardid del charlatán para sacarles su dinero. Una señora de cara colorada, con aspecto de manzana gorda, sacó unos billetes arrugados y se los entregó al ayudante de cabeza monda. Nos imitó una de las vendedoras de queso, con su cofia blanca y su delantal almidonado.

El charlatán recogió el dinero de manos del ayudante y se lo entregó al mono:

–Guárdelo, don Emilio –así le llamó–, y mucho ojo.

El mono agarró los billetes con sus manitas de niño y los abrazó sobre el pecho.

El feriante, entonces, dijo que nos quería recompensar por el préstamo desinteresado y empezó a sacar varios objetos: unas gafas de sol, después un encendedor de plexiglás y lo remató con un juego de cama completo que abultaba muchísimo. Todo nos lo iba pasando el ayudante calvo, que refunfuñaba por lo que consideraba un exceso de generosidad.

–¡Ya vale, jefe, ya vale! ¡Nos va a arruinar!

–¡Tú cállate, anormal, que callado no pareces tonto!

Se volvió hacia nosotros, y nos dijo como si confesara un secreto:

–El verdadero jefe de todo esto es don Emilio –dijo, señalando al mono–, ¿verdad, jefe?

El mono asintió con la cabeza, mostrando satisfacción.

Entonces yo me eché a reír. El mono se revolvió y fijó en mí una mirada furiosa, que contrastaba con los débiles bracitos con los que sujetaba el dinero. Unos ojos rabiosos en aquel cuerpo de hombrecito peludo. Al ver que me seguía riendo, hizo rechinar los dientes y se lanzó hacia mí todo lo que permitía la cadena. Me agarró del cabello dejando caer el dinero. Cogí con rapidez el billete de mil pesetas que me pertenecía y salí corriendo. El mono se quedó con un puñado de pelo y su rabia de hombre de imitación.

Me abrí paso a través del corrillo de gente en torno a la furgoneta. Arrastraba la maleta y el paquete de ropa. Los presentes aún no sabían si aquello era un truco del charlatán o un chico que quería huir, que huía, que ya había huido por las calles empinadas que terminan en los caminos del monte, mi salvación, mi dios local, padre Véspero.

Sonó la sirena de la fábrica textil. Caminé más despacio. Sobrepasé la gasolinera de entrada a Vega por las carreteras del norte. Una columna de decenas y decenas de obreros de la fábrica pedaleaban por la carretera, de vuelta a casa. Los camioneros del mercado, impacientes, hacían sonar sus cláxones para abrirse paso.

La ciudad se diluía en prados húmedos y lodazales verdosos. Aquí y allá, sin ordenamiento alguno, se habían edificado talleres mecánicos, almacenes y casas medio urbanas medio rústicas. Una avenida de plátanos terminaba en una fábrica de vidrios y tejas. Levantando la vista, por encima de los tejados rojos y los árboles renegridos, se podía contemplar el monte Véspero.

Dejé a mi lado la maleta, los obsequios –sin envolver, tal como los entregó el charlatán– y el paquete con el juego de cama. Las alturas frente al Véspero estaban horadadas de minas de zinc; el rojo corazón de las montañas se podía entrever tras las vagonetas, vías y cables. Justo a mis pies podía ver la plaza de toros, el redondel y los patios. Entonces me fijé en algo. Los cuerpos de los toros lidiados días antes colgaban todavía en los garfios del desolladero. Sin mi padre, la carne no tendría un certificado para venderse en las carnicerías. Pronto empezarían a oler y a cubrirse de moscas. ¿Qué estaría haciendo papá en ese momento? Puede que estuviera mirando por una ventana con rejas hacia alguna parte de este mismo cielo, con el orgullo del perseguido y la rabia de la injusticia.

El resol de la tarde de verano hacía resplandecer las altas peñas y doraba las mieses en las laderas. Se oían los campanos de las vacas y, de vez en cuando, el relinchar de algún caballo semental. Junio triunfaba en cielo y monte.

La vista del panorama hizo que se ahondara mi pena. ¡Qué desolación la de la belleza! ¡Qué desamparo! Pero al menos la tenía a ella, la tristeza, única y mía.

Escuché las notas escalonadas de una trompeta. Quizá –no estaba seguro– podía ser Luisín Culova-

34

so ensayando lo que parecía una marcha militar. La melodía sonaba alegre, como para acompañar el paso ligero.

–Ciento veinte pasos por minuto, Ludi, ésa es la norma de la marcha militar.

Luisín era el único de mis amigos que no se había ido a la playa en ese día tan bueno, tan soleado, primer baño, olas y chicas.

Ahora estarían dándose el último chapuzón, el de la tarde.

–El mejor –aseguraba mi padre.

Desde aquella parte del monte yo no podía ver el mar, pero sí las nubes rojizas que estaban sobre la costa.

–La Virgen está planchando –diría Rufi, si las estuviera viendo.

–Nubes rojas, tardes bienhechoras –le respondería la costurera a Rufi, si la estuviera escuchando.

Quien fuera el que tocaba la corneta lanzó una nota aguda, desafinada. Así que seguro que era Luisín.

–¡Oheé, oheé! –grité.

Estaba muy lejos, no me oía; el aire venía hacia mí y trajo el eco, como si yo me estuviera llamando a mí mismo.

El viento hizo que los maizales parecieran cobrar vida y comenzaran a marchar en formación.

La corneta de Luisín dio unos sonidos agudos, vibrantes, interrumpidos por vacilaciones y ensayos.

–Luiiiiis, oheeeeé... –volví a gritar.

De pronto, el cielo perdió sus colores; me levanté de la piedra en la que estaba sentado y decidí reanudar el viaje, navegante en el mar de mieses. Cogí la maleta, el billetero, el encendedor de plexiglás, las gafas de sol y el paquete algo deshecho de la ropa de cama, y bajé de nuevo hacia la vega de Vega, el mundo.

No me querían ver, la gente con la que me cruzaba no me miraba, como si yo fuera transparente. Pasé junto a un amigo de mi padre, un hombre mayor, empleado en el banco. No me miró. También junto al camarero del bar más frecuentado, el bar Español, antes bar Inglés. Nada, no. Y junto a señoras mayores que iban o venían de sus quehaceres, falsamente apresuradas al caminar casi rozándome. Tampoco me saludó el taxista Rafistófeles, que hizo como que hablaba con otro taxista de la parada. Sólo una persona sí me miró, un chico de mi edad, uno que no iba al instituto sino que estudiaba fuera y que seguramente había venido por vacaciones. Ése sí que me miró, y sonrió al cruzarse conmigo. Pensé que yo le resultaba gracioso con aquella maleta y el paquete grande de ropa y los pequeños regalos que me abultaban en los bolsillos. Pero lo que hizo fue escupirme, no directamente sino que echó el lapo apuntando a mis pies, con buena puntería.

La de aquel chico fue la única manifestación que recibí. No sentí miedo nunca ni, francamente, me sorprendía mucho la actitud de los vecinos de Vega, pero sí me extrañó una cosa, no de ellos, sino de mí mismo: experimenté una gran alegría al verme tratado así, como si fueran ellos los que tuvieran miedo de mí.

Los barrenderos limpiaban con mangueras los restos del mercado. Pronto la Plaza Mayor, los soportales y las aceras quedarían como si no hubiera pasado nada, ni personas ni transacciones. Los residuos viajaban rápidos hacia la boca de las alcantarillas, que se tragaban trozos de berzas, tomates espachurrados y papeles con voracidad incontenible.

Baldomero y Félix, areneros en la plaza de toros y matarifes, empleados también de los servicios de limpieza municipales, barrían con grandes escobones los ángulos y los rincones abruptos, franqueando el camino hacia los grandes sumideros. Ante mí se abría una senda entre la inmundicia y el agua amarilla.

Levanté un poco mi maleta para que no se mojara, sin mirar a los barrenderos, suponiendo que me iban a negar el saludo.

–Ohé, chaval. ¿Es que no conoces a los amigos? ¿Tanta prisa llevas?

Me detuve un momento, quizá para tomar aire, quizá para ver qué hacían. Ellos apoyaron los escobones en un banco y sacaron unas petacas muy sobadas.

—¿Ya fumas, hombre?

No respondí. Sólo hice ver que descansaba. Me senté sobre la maleta y el paquete, que empezaba a deshacerse.

Baldomero terminó de liar el cigarro y me dijo que pasara la lengua por el pegamento. Me lo tendió.

—¿Fumas o no?

Mi momento de gloria fue sacar el encendedor de plexiglás para dar fuego.

—¡Qué elegante! Vaya, vaya —admiró Baldomero.

—Made in USA —dijo Félix.

Bermudo, el jefe de los guardias municipales, pasó por allí cerca. Él sí fijó en mí sus ojos, con severidad: el hijo del detenido, un adolescente, casi un niño, fumando sin vergüenza alguna.

Di una calada profunda, sosteniéndole la mirada; el tabaco inundó mis pulmones, subió a la cabeza y me revolvió los pensamientos.

Expulsé el humo del cigarro despaciosamente, procurando no toser.

Era tabaco de cuarterón, pólvora y amargor.

El guardia Bermudo siguió su camino, ignorándome.

Invité a Félix y a Baldomero a una copa en el bar Español, y aceptaron. Yo pedí un vino con gaseosa.

En el espejo que había tras la barra aún no se

había borrado el anterior nombre: Bar Inglés, con letras redondillas, empalidecidas.

El bar rezumaba a dinero y a frito. Aquí celebraban sus negocios los tratantes de cerdo, oveja y cabra. Los domingos, día de feria bovina, acudían los ganaderos de vacas y terneras. Entonces olía a leche. Mi padre oficiaba en el bar como amigo de unos y otros, y como consejero facultativo, atento, simpático, con su risa contagiosa. Hasta su detención.

Rafistófeles, el taxista, me guiñó un ojo. Ahora sí que me veía, el muy cabrón. En el fondo oscuro de la barra por fin saludaba al hijo del veterinario.

Mientras pasaba por mi lado –acompañando al llamado Cerdo de Oro, que le había contratado– me susurró al oído:

–Está muy entero, no ha denunciado a nadie. Chaval, tu padre es un valiente.

Y me estrechó la mano con un movimiento rápido.

Saqué el billete de mil pesetas para pagar otra ronda a Félix, a Baldomero y a Higinio, el barbero de la Plaza Mayor, que acababa de entrar en el bar.

–Esconde eso, chaval, el dinero no se va enseñando por ahí. Sólo vengo a tomar un café y vuelvo a la barbería.

Efectivamente, Higinio vestía aún su bata blanca con las tijeras asomando en el bolsillo.

–Para mí el día de mercado no termina hasta

las once o las doce de la noche. Es cuando rapo los pelos de la dehesa, hijo.

Me sentía contento, animado. El tabaco y el alcohol, qué buenos compañeros, amigos desinteresados.

Invité a otra ronda de vinos; los barrenderos pagaron otra.

–Por los presentes y los ausentes –dijo Baldomero, levantando el vaso.

Higinio sorbió su café sin hacer caso del brindis. Me miró por encima de sus gafas plateadas. Luego lo hizo a través de los cristales, para verme más de cerca.

–Necesitas un buen corte de pelo. Ven mañana por la barbería. Entre las tres y las cuatro es una hora perdida. Ésa es la que elegía tu padre.

Después se puso a discutir sobre toros y toreros con otros parroquianos.

Debí de pasar mucho tiempo en el bar. Salí con mi maleta y el dichoso paquete de ropa, pero sin el mechero, el billetero de piel y las gafas de sol, porque se los había regalado a Félix y a Baldomero.

Reemprendí el viaje inacabado atravesando la Plaza Mayor. El centro de la plaza no tenía iluminación, por allí no hay nada que alumbrar. Ante mí surgió la silueta de un castillo enano, un retrete neomudéjar regentado por un mutilado de la División Azul durante el día y cerrado por las noches. Un bulto surgió por detrás de los urinarios.

40

—¡Ludi Rivero! ¡Ludi, el hijo del hombre con la picha más larga del pueblo!

La sombra se desdobló, entre silbidos y risas. Quizá eran de dos personas, una de ellas un hombre imitando voz de mujer.

—¡Tan sinvergüenza como su padre! ¡Ven, ven!

Apresuré el paso sin mirar a los lados, sólo al frente.

La segunda sombra dijo:

—Tu padre no tendría miedo de acercarse. Tú eres un cagao.

Se puso detrás de mí; oía las pisadas y sentía su aliento.

—Si eres un cagao, éste es el mejor sitio, nene —dijo la sombra de voz en falsete.

No hice caso ni me volví. Continué hacia las luces del fondo de la calle, el almacén Pelayo Pelayo, garbanzos finos.

Cuando le relaté a Luisín Culovaso las aventuras y episodios del viaje, se rascó la cabeza:

—Qué viaje ni qué nada..., tu casa está sólo a unos trescientos o cuatrocientos metros de la de tu tío Pelayo.

—Según; eso es si caminas en línea recta, pero si das la vuelta al mundo y llegas por el otro lado, no.

Luisín movió la cabeza y las gruesas gafas despidieron reflejos celestes.

—Vas de listo por la vida, Ludi, vas de listo.

41

Estaban cenando y arquearon las cejas para expresar estupor por mi tardanza; el tío, además, dio un suspiro mezclado con un sorbo de caldo de pollo; la tía Rosa Eva dejó que su propio suspiro agonizara en los labios.

–¿Quieres tomar algo? ¿Has cenado?

Di unos traspiés con la maleta y el paquetón de la ropa y dije que no, gracias, que no tomaría nada, que no tenía apetito. En realidad, me callé el que no había probado cosa alguna desde el desayuno, sólo el vino de la taberna.

La vivienda de los tíos estaba situada encima del Almacén de Vinos y Comestibles Pelayo Pelayo, exportación e importación, aceites y licores, caramelos de mil y una clases, garbanzos de ensueño, judías de piel suave.

–Acuéstate, ve a descansar, mañana hablaremos, ¿seguro que estás bien?

Al ir por el pasillo me pareció que el suelo se iba inclinando, y que las paredes se torcían, y que la casa toda se ladeaba como el encuadre de una película de miedo, qué pedo, qué gran borrachera, Ludi, debería darte vergüenza, me dije, dijo mi yo sereno al otro yo beodo. Pero al palpar los muros, al seguir pasillo adelante, comprobé que la casa misma era la deforme, de aparejo descompensado y geometrías contradictorias. Los pasillos de la vivienda se superponían al depósito de garbanzos del almacén; los suelos se descompensaban por el peso de los jamones colgados de las vigas de abajo; columnas de cajas de galletas sostenían el piso del cuarto de baño, de grifos dorados, pero giboso y desencuadernado. La arquitectura del almacén desquiciaba la de la vivienda. No quise encender la luz –o no pude encontrar los interruptores–, sólo iba guiándome por el tacto, a ciegas. Confiaba más en el roce con la realidad que en su visión engañosa.

Por las junturas del suelo se filtraba el olor a vino y especias de las bóvedas comerciales. Mi dormitorio quedaba más allá del azafrán y la canela. En la oscuridad arrastré la maleta y el paquete hasta olfatear, sentir, el pimentón de la Vera y un mareo de anises y cafés. Estaba llegando a la cama, fin del viaje y comienzo del sueño.

Desparramé el interior de la maleta; lo primero que noté en mi ciego palpar fueron los tebeos, colores que no veía estallando en la oscuridad.

Descubrí la colcha y abrí las sábanas: un viento de sal y humedad llegó hasta mi nariz. El dormitorio estaba sobre las grandes salazones, y toda la cama olía a bacalao de Noruega.

Me dejé caer sin desvestirme.

La oscuridad hizo crecer los sonidos. Los muelles chirriaron en el somier, pero sobre todo fue la palabra misma, chirriar, la que escuché dentro de mi cabeza con sus consonantes arañando las íes como uñas sobre barrotes de hierro, chirri, churri, chirri, churri. En la calle, la bocina de un auto hizo pabú pabú en vez de mec mec; un coche antiguo, pensé, seguramente el Balilla del viejo médico que vive en la plaza.

La casa, por su parte, dormía emitiendo sus propios quejidos domésticos. El armario de la abuela temblaba según se enfriaba la noche, el viejo aparador roncaba, el cristal de las ventanas tintineaba al paso de último tren.

Me sobrecogió un gruñido del piso de madera; el ruido de unos pasos lentos, precavidos. Alguien se acercaba a mi cuarto, se iba a sentar en mi cama, se estaba sentando.

La habitación osciló como un barco.

Me revolví, y desde dentro de mí mismo me subió un tifón inesperado, olas, arcadas, mareos.

No estaba solo; algo frío y sigiloso se posaba junto a mi encogido corazón, como si quisiera robarme lo único que yo tenía, la tristeza y el desconsuelo.

Sentí unos labios en la mejilla, pero no hicieron el familiar sonido del beso, sino smuac, como si fuera el de una historieta dibujada.

A la mañana siguiente me encontré con la tía Rosa Eva en la cocina. Ella en bata de verano, yo en camiseta y pantalón de pijama.

Una intimidad sobrevenida, una presencia de cuerpos recién salidos de la cama, transpiración y tibieza.

44

—Hola, Ludi.

No me salía llamarla tía, pero ¿cómo decirle «hola, Rosa Eva», simplemente, con aquel nombre de mujer desnuda saliendo del Paraíso?

Me quedé callado. En mis días en aquella casa, nunca la llamé tía, ni Rosa Eva.

Yo no presentaba buen aspecto. Me puso una mano en la frente para comprobar si tenía fiebre. Pero era lo contrario, mi piel estaba fría hasta que el contacto hizo que me ruborizara. Para mi sorpresa, ella enrojeció también.

Entró la vieja criada, y Rosa Eva se apartó de mí quizá demasiado aprisa.

Sin preguntarme nada, me hizo desayunar con un vaso de sal de frutas y media aspirina.

Después, se fue de la cocina envolviéndose en la bata, que se le había entreabierto en el trasiego.

Se iba por el pasillo, y sus desnudos pies chocaban contra la suela de las chinelas, como si tartamudearan alguna cosa mientras se alejaban.

En el mediodía de junio las voces del almacén Pelayo Pelayo sonaban alegres y mercantiles. Viajantes y dependientes iban unos tras los otros, desapareciendo en la penumbra tras los enormes bocoyes de vino y reapareciendo a la luz del sol entre los aceites. Arriba, en la vivienda loca, los pájaros se perseguían por el patio interior, como si se prepararan para la inevitable llegada del verano.

A las tres menos cuarto me fui hacia la Plaza Mayor, según me había pedido Higinio, el peluquero.

La carnicería de la esquina era la de Mantecón. La hija de Mantecón, Candidita, compañera mía de clase, sería quien había escrito el anuncio en elegante cursiva: Tenemos Carne de Toro de Lidia.

Había llegado el momento del festín de criadillas y rabo de toro. Las autoridades habían autorizado, por fin, que se descolgaran las reses que pendían de los garfios de la plaza. Un veterinario joven –amigo, discípulo de papá– había sido capacitado para estampillar en la carne desollada el escudo del águila y el yugo y las flechas: apto para el consumo.

Parecía que ya no contaba el veterinario municipal, mi padre, la autoridad pecuaria hasta hacía unos pocos días, horas, en realidad.

Pasé ante la ferretería La Llave Maestra. Las tiendas estaban cerradas para el almuerzo y no abrirían hasta las cuatro. Continué andando; me vi reflejado en las vidrieras de la joyería Pérez: un chico alto, de aire orgulloso. El yo reflejado devolvió la mirada al yo de la calle, y le pareció ver a un chaval solitario y preocupado. Deshice, deshicimos, el camino de la noche, hacia la Plaza Mayor. De los patios traseros venía el olor de los fogones. Oí una voz de mujer:

–¡A comeeer...!

Pasé bajo la cocina del juez Estévez, que tenía abierta su ventana de maderas blancas. Salía un tufo de aceite friéndose. Oí el crepitar de las sartenes, y el olor fuerte del guiso de rabo con clavo y comino.

Crucé la plaza por su centro geométrico. El guarda del castillo urinario estaba preparándose la comida. Al pasar, le vi ante el infiernillo, manejando una cazuela con su único brazo de mutilado.

Todos estarían comiendo; mis amigos, sus familias, los guardias.

«En la cárcel se come más temprano, casi seguro», me dije. «Como en los conventos y los cuarteles.»

Llegó hasta mí la radio de la cocina del Hotel Principal. Y una corriente de aire impregnó de olor a repollo las noticias de las tres.

En la fonda La Estrella, en el callejón de la Estrella, la puerta estaba abierta de par en par y dejaba escapar vapores, espíritus, recocimientos. La gorda Águeda me sonrió con sus mofletes colorados, mientras espolvoreaba con harina unas criadillas finamente cortadas.

La peluquería tenía el cierre metálico bajado hasta la mitad. Me agaché para entrar. Cuatro jaulas de canarios y una más grande de pájaros de cría colgaban cerca de la vidriera.

Higinio me esperaba fumando en uno de los sillones, sentado de medio lado, con la espalda apoyada en un brazo del asiento y los pies colgando por encima del otro brazo. Al fondo del salón había unos cartelones taurinos y una colección de capotes de paseo.

–Hola, chaval. ¿Ya has almorzado?

No esperó a que contestara.

–Siéntate, por favor, te arreglo enseguida.

Fumaba caldo de gallina, un tabaco algo menos fuerte que el de cuarterón de Félix y Baldomero.

Se levantó; al acercarse al ventanal los pájaros piaron. Higinio no parecía tener prisa por cortarme el pelo, se quedó en silencio, mirando hacia la plaza, semidesierta a esa hora desmayada de la tarde.

Exhaló el humo tras una larga calada.

–Le dije que tuviera cuidado, que podía haber una caída. Pero ¿quién hace caso a un simple peluquero?

Me quedé esperando a que añadiera algo más, pero no lo hizo. Me sobresaltó una voz:

–¡Hola! ¿Está abierto?

Reconocí al ganadero de Quimera por su pelo rojizo. Se asomaba por debajo del cierre metálico, enseñando sus grandes dientes en una franca sonrisa.

–¿Se puede?

Higinio le hizo un gesto, y el hombre dobló la cintura para entrar.

Al pasar, sentí el mismo olor que dejaba mi padre cuando venía de visitar.

Higinio me preguntó si yo tenía prisa. Me encogí de hombros.

–Si no te importa, arreglo primero al Pelirrojo.

El ganadero sonrió otra vez.

–¡Qué casualidad! He venido a esta hora pensando que iba a encontrar a Higinio sin mucho que hacer... y ya ves. ¡A molestar!

Higinio le hizo sentarse y le colocó una toalla en torno al cuello.

Él insistió:

–¡Mira que es coincidencia! Porque tenía que decirte que allá arriba, en el invernal, hay unos papeles de tu padre..., no sé, recetas, cosas de veterinaria, datos de reconocimientos ganaderos, y otros escritos.

Higinio le enjabonó la cara y el ganadero apretó los labios.

–Lo mejor es que te los lleves –continuó, tras los brochazos–, o que los quemes si no valen para nada. La cosa es que donde están, están de más.

Higinio deslizó la hoja de la cuchilla y oí el raspar del filo en la piel curtida. El barbero le repasó una y otra vez su rostro colorado.

El ayudante de Higinio, un chico flaco y con los pelos de la coronilla muy tiesos, hizo su aparición en la barbería. Levantó el cierre metálico y puso el cartel de abierto.

–Te digo que la excursión merece la pena..., puedes ir con los amigos. Muy bonito lugar, yo no te puedo acompañar, qué más quisiera, pero soy esclavo del horario de las vacas, que si darles de beber, que si ordeñar, que si sacar el estiércol... Ellas son las señoras, yo el criado.

Higinio le quitó los pequeños restos de espuma que le quedaban aquí y allá. Después le echó una generosa ración del líquido que salía de una gran redoma plateada, la loción especial de la casa.

—La losa de la cocina está hecha con un altar del antiguo dios, el dios no sé cuántos. La encontramos en la cantera. Los papeles están debajo. Es piedra de aquí, eh, de la más corriente, de la que también sirve para hacer las tapias y las cuadras.

Higinio le masajeó las mejillas y le dio dos o tres cachetes con cierta fuerza.

—Quizá tú sepas el nombre del dios, que para eso estudias... Tu padre dice que eres un buen estudiante.

Finalmente, el barbero le colocó una toalla limpia sobre la cara. La voz del ganadero salió un poco ahogada, entrecortada:

—No hay más que levantar la losa... y ya está.

Había dos o tres clientes más esperando ser atendidos, hojeando los periódicos deportivos.

Cuando el ganadero se despidió y saludó camino de la puerta, se esparció por toda la barbería un olor a vaca y Varón Dandy.

Me llegó el turno; Higinio señaló el sillón vacío para que lo ocupara, y preguntó:

–¿Cómo quieres que te corte? ¿Clásico o a cepillo?

Elegí que me cortara el pelo a cepillo. A mi padre no le gustaba nada ese estilo americano, pero ya no podría vetarlo. El que tu padre esté en la cárcel te otorga ciertas ventajas.

El corte moderno, aquellos pelos enhiestos, las sienes dejando entrever la piel del cráneo, la permanencia del peinado ante los soplos de aire, facilitaron el tema del acercamiento de compañeros, conocidos y vecinos. Desustanciaron la situación y dramatizaron la peluquería.

Estaba solo en la Plaza Mayor, como un torero en el ruedo, mirando las sombras de los arcos. Los muchachos no habían llegado aún, o al menos no se dejaban ver. Pero sí las chicas.

Ellas fueron quienes irrumpieron en la parte soleada y se acercaron.

–¿Ondevás, Ludi, con ese pelo pincho? –dijo Candidita.

–Pelo de indio –corrigió María Luisa Flores.

–¡Huy!, a lo Kirk Douglas –comentó Antoñita Abascal con suficiencia–. No sabía que fueras tan presumido.

Bajo los arcos que los jueves albergan charlatanes y echadores de cartas me pareció ver a José Antonio, el hijo del secreta. Desapareció.

Luisín no me había esquivado, y esa tarde fue también el primero de los chicos en acercarse a toda la velocidad de su vieja bicicleta sin timbre.

Hubo un revuelo de gasas y crujir de almidones al precipitarse contra el grupo de chicas, frenando en el último momento.

–¡Ondevás, culo vaso! ¡Cegato!

Al ver a las chicas, se acercaron Cobo Menudo *Miramamolín* y el hijo del juez Estévez. Después fueron llegando los demás.

Luisín pedaleó en torno al grupo. Una de las chicas se apartó y me pasó la mano por el pelo.

–El pájaro loco.

Bajo los soportales apareció José Antonio. Se mantuvo lejos, mirando los carteles de estreno de las películas.

La tía Rosa Eva topó con mi mano al servirme la ternera.

El tío Pelayo tardó un rato en darse por enterado del corte de pelo. Sólo a la mitad del almuerzo levantó la mirada del plato que comía con cierta prisa, como si se lo fueran a quitar.

–Oye, oye, qué rapado, no pasarás calor, no.

Se llevó a la boca un buen trozo de filete y masticó pensativo.

–¿Vas a ver a tu madre? ¿Qué tal está?

–Sí, sí –me apresuré a contestar–. Bien.

–¿Hoy ya has ido? –preguntó el tío Pelayo.

–No, hoy no.

–Pues hay que ir todos los días. Es tu madre.

Cambió enseguida de tema, por si derivaba hacia «la situación». Y pasó a hablar de estudios.

–Sirva o no sirva para algo, la cosa es que el griego está en la lista de asignaturas, Ludi –dijo el tío Pelayo mientras partía un buen trozo del filete.

Sostenía el cuchillo de forma distinta a los demás mortales, con el mango apoyado en la parte superior de la mano, como si fuera un lápiz. Otra carne hubiera sido difícil de cortar, pero con aquella ternera blanca podía hacerlo fácilmente.

–¿Qué dices a eso, eh?

Se llevó el trozo a la boca. Acompañaba cada bocado con una patata frita o con un trocito de pimiento, alternativamente, sin fallar.

–¿Me estás escuchando?

Yo estaba más pendiente de si cumplía la regla del pimiento-patata que de sus palabras.

–Sí, tío. Es que...

Me interrumpió:

–Pareces estar distraído. Tú eres un magnífico estudiante, pero no hay que perder el hábito durante el verano. ¿Te trajiste los diccionarios de casa? He visto que en griego sólo has sacado aprobado.

–No, si el griego me gusta, tío, con todas sus partículas y eso..., con el acompañamiento que modifica el... el...

El tío Pelayo cortó un nuevo trozo del filete. Me quedé esperando. Quizá esta vez repitiera con la patata, rompiendo la norma.

–¿El qué?

–Bueno, las partículas, el acompañamiento, cambian el sabor de las palabras..., el sentido, quería decir.

Vi el tenedor del tío planeando sobre la guarnición. Cumplió la regla y pinchó un trozo de pimiento.

–Mira, Ludi, te vendrían bien unas clases con don Amalio de las Heras. ¿Cómo que no le conoces, hombre? Le conoces de sobra, vaya que sí, pero sin darte cuenta, ¿no? Amigo de tu padre, que iba a la abadía a visitar las vacas, y nuestro, de tu tía y mío.

Ahora le tocaba el turno a la patata frita. Masticó de prisa.

–Ni tu tía ni yo pretendemos...

Miró hacia su mujer en busca de asentimiento.

–¿O no?

Pero la tía Rosa Eva fijó los ojos en el plato, en el que yacían esparcidos los restos de la batalla que establecía con la comida. Disimulaba lo que dejaba poniendo los cubiertos encima, o trozos de pan.

La tía aguardaba el momento de la siesta. Era una hora sagrada. Y también obligada, por orden de los médicos. En voz queda se decía que estaba delicada. A pesar de sus mejillas de rosa intenso, de sus pechos subidos y de los ojos con brillo de ascuas. Muy delicada.

El tío Pelayo dio por terminada la comida y la conversación. El almacén le esperaba, ahí abajo.

Rechazó el postre, como si fuera algo superfluo. Miró el reloj y dio un bufido.

–¿Cómo se ha hecho tan tarde?

Dio unos pasos por el suelo inclinado del comedor. La casa entera resonó como una bóveda.

Descolgó el teléfono y dio unas órdenes destinadas a la oficina del almacén. Sólo oía su parte en la conversación.

–Vaya, me entiendes, ¿verdad?

Al otro lado le respondieron, y él añadió:

–Sabe que es un perjuicio, sí, ¿no?...

Movió la cabeza afirmativamente:

–Ya, ya, claro.

Después protestó por algo sobre la inspección del control de precios y colgó.

La mueca de su boca –la que yo había heredado– se volvió más amarga.

La tía Rosa Eva siguió sentada, esperando que la criada trajera la fruta.

Cuando el tío había salido, le imitó, riéndose a medias.

–Ya, ya..., claro, claro.

Y yo añadí:

–Sí, ¿no? Sí, ¿no?

Luisín y yo éramos de los pocos que no nos echábamos la siesta. Después de comer, quedábamos en la Plaza Mayor con las bicicletas, dispuestos a recorrer las desiertas calles.

–La tía Rosa Eva se acuesta una hora –le contaba–. No duerme, sólo da grandes suspiros.

–¿De qué está enferma?

–Su enfermedad no tiene nombre, es nueva –improvisé yo.

Añadí:

–Le han dicho que no debe hacer nada, ni siquiera leer, durante una hora. Pero me ha pedido los tebeos de Mandrake, y se los he dejado.

–¿Una persona mayor lee tebeos?

–No es mayor. ¿Cuál es la edad de una diosa, por ejemplo, si existe desde el comienzo del tiempo?

Pedaleábamos en el calor de la tarde, procurando no salirnos de la sombra de los árboles. Al final de la avenida, por encima de los plátanos, se veía el Véspero.

Yo le hablé de los antiguos dioses y de las aras votivas que se habían descubierto cerca de la cima calva.

–La diosa Epona era una diosa yegua, que trotaba por los prados, saltando y relinchando, y que tenía trato con caballos y con hombres. Erudino era el dios mayor, que vigilaba los caseríos desde allá arriba, desde el pico ese que estamos viendo.

Luisín me escuchaba hablar. Por su mirada yo sabía cuándo le gustaba lo que le iba contando, y lo modificaba según la cara que ponía.

—Los dioses se consideraban inmortales, y seguramente lo eran en aquel tiempo suyo. Reviven cuando hablamos de ellos, o cuando se les invoca.

Luisín dio unas pedaladas en su desastrada bicicleta, de la que salieron ruidos de lata. Después dijo:

—Como Drácula en las películas, ¿no?

—Pues no. Es otra cosa.

Luisín se quedó esperando alguna explicación más. Como yo callaba, sacó la armónica. A Luisín no le gustaban las pausas y los silencios.

Antes de que pudiera ponerse a tocar, dije:

—Los dioses se han ido y no volverán, Luisín. Quizá lo único que quede de ellos sea su olor en los hinojos y su huella en las pozas y las orillas de los ríos.

Añadí:

—Podíamos subir al Véspero una de estas tardes, ¿no te parece?

Luisín se sorbió unos mocos inexistentes.

—¿Con chicas?

—Bueno, yo quería ver el invernal de una persona que conozco, así que no sé...

Luisín no hizo caso:

—Y con merienda.

En realidad, yo no quería subir solo al invernal

que me había indicado el ganadero de Quimera. Pero tampoco deseaba mucha compañía.

Seguimos pedaleando juntos, tan amigos y tan distintos.

Quedamos a la salida de Vega, cerca de la plaza de toros. A la hora de la siesta.

Esa tarde lucía un sol limpio, que tostaba los ladrillos de la plaza.

Luisín se presentó con dos chicas. Una era Candidita, la hija del carnicero, tan redondita, tan carnosa. Y la otra María Luisa Flores, *Flowers*, de pelo negro y tez blanca, muy alta; una belleza deseada e inaccesible, de carácter cambiante. Expresó su queja por la hora de la excursión. Y señaló a Candidita.

–Vengo por ésta, que si no, no vengo.

Candidita traía una bolsa con la merienda. Luisín se ofreció a llevarla y la sopesó un momento.

–Vaya, hay para un regimiento.

Comenzamos la subida al Véspero acortando por el cementerio de Vega.

Las sepulturas llegaban hasta el estribo de la montaña, que allí mismo se iniciaba con suaves lomas primero, y con inesperados repechos al final.

A veces, el ganado de los vecinos prados brincaba la tapia del cementerio y las ovejas y las vacas se ponían a pastar entre las tumbas.

En lo alto de la tapia, *Flowers* se quedó un momento dudando cómo saltar al otro lado. Su pelo onduló suavemente y la blusa se le pegó al cuerpo.

Luisín y yo la ayudamos a descender al prado. Candidita lo hizo sola, dando un gran bote de pelota maciza.

Iniciamos la ascensión. Yo iba junto a María Luisa, oyendo su respiración en las cuestas. A mí me gustaba más María Luisa *Flowers* que la hija del carnicero. Pero ocurrió algo.

Luisín iba delante, con Candidita. Me fijé en la nuca de la chica, cubierta por un vello suave. Al andar, se le formaba un hoyuelo que parecía un nido tibio, secreto. Los pelillos cortos se arracimaban o se separaban según el soplo de la brisa que venía de la cumbre. Unas veces parecían más claros, si les daba el sol, otras se ensombrecían y se convertían en rizos oscuros, misteriosos.

El hoyo parecía dilatarse y contraerse. En los pelillos comenzaron a brillar de pronto unas gotitas de sudor. Candidita jadeaba por la ascensión, su cuerpo rollizo le pesaba un poco. La columna se le unía a la cabeza en un cuello corto y rotundo, pero la unión era como un choque, un desequilibrio de fuerzas contrarias. Le costaba subir, pero no decía nada, no se quejaba.

Seguimos, sin descanso.

María Luisa me miró de reojo. Ella se sabía más guapa y más deseada que su amiga. Era verdad, pero en aquel monte, en aquellos prados, en aquel instante, no.

La subida se dulcificó al llegar a un pando suave, con tréboles y hierbas aromáticas. Pastaban unas vacas frisonas que se movían lentamente, como las nubes en el cielo. Nos miraron con sus ojos mansos, indiferentes a todo lo que fuera trajín humano.

Candidita parecía sofocada, dio unos pasos por el prado y respiró hondo, aliviada. Pero el exceso de aire debió de sentarle mal. Fue dejándose caer al suelo, pálida. La quisimos ayudar y ella nos rechazó, prefirió que no le habláramos, que no la tocáramos.

Se puso de espaldas a nosotros y apoyó la cabeza en las rodillas. Podía contemplar en toda su amplitud las líneas de sus cervicales.

Al cabo de un rato se volvió hacia mí, pestañeando:

–¿Puedes ponerme algo aquí?

Se tocó el cogote. Busqué algo con que refrescarla y opté por un pañuelo humedecido. Lo hice despacio, sin apretar mucho ni poco. La chica pareció mejorar y le volvieron los colores a la cara.

–No sé qué me ha pasado.

–Hemos subido demasiado rápido.

–No, no. Es que me ha dado algo raro, pero ya se ha ido.

Me sonrió.

–Gracias, Ludi.

60

Me dio un beso en la mejilla.

—¿Merendamos? —irrumpió Luisín.

Pero aún era muy pronto, y decidimos dar un paseo por los alrededores, sin continuar la ascensión de la montaña.

A María Luisa se le antojó ir más arriba, hasta el mirador en el que se veía Vega y el mar a lo lejos. A mí no me apetecía. Se discutió, y ella dijo que se quedara quien no quisiera seguir, pero que Luisín la acompañaría.

Cuando se fueron, Candidita y yo nos levantamos a la vez, como si nos hubiéramos puesto de acuerdo. Paseamos por el bosque de eucaliptos, bajo su prieta enramada. Empezamos a besarnos.

Luisín estaba casi enamorado de Candidita, y a mí me gustaba más *Flowers*, y yo a ella, seguro. ¿Por qué cada uno estaba con quien no tocaba?

A Candidita se le arrebolaron las mejillas hasta un rojo intenso, y dijo que los otros no debían verla tan colorada. Así que esperamos en aquel bosque de sombras cerradas a que a la chica se le rebajaran los colores. Pero me permitió un último beso en su nuca rendida.

La merienda que Candidita había traído era variada, compuesta de empanadillas, croquetas, medias noches, bocadillos. Pero con algo en común: fiambres, ruladas y rellenos eran de carne, troceada, picada, escabechada o en redondo.

61

Luisín ayudó a Candidita a sacar la comida y las botellas de la bolsa.

–¡Qué exageración! –exclamaba María Luisa *Flowers* a cada nueva aparición–. Ni que estuviéramos famélicos, Candidita, por Dios.

Luisín cortaba pequeños trozos; se los ofrecía primero a las chicas y, sólo si los rechazaban, se los llevaba a la boca, masticando rápido. De vez en cuando se subía el puente de las gafas con un dedo, sin soltar presa con la otra mano.

Un grupo de yeguas con sus potros ya algo crecidos se acercó a nosotros enderezando las orejas. Las vacas, en cambio, siguieron pastando indiferentes.

Al cabo de un rato, *Flowers* abandonó a la mitad un pastel de aguja de ternera y encendió un cigarrillo. Estaba de perfil, con la cumbre calva del Véspero por encima de su cabeza.

–¿No queréis nada más? –preguntó Luisín aún con la boca llena.

Nadie le contestó. Sacó una armónica del bolsillo y sopló suavemente, como buscando afinación, pero sin tocar nada.

Flowers expulsó lentamente el humo. Aplastó la colilla del cigarrillo en los restos de comida. Candidita entornó los ojos y suspiró. Luisín siguió probando las lengüetas de la armónica, rectificando los graves.

El aire se aquietó; la tierra sudaba para refrescarse. Cuando los demás fueron atraídos al duermevela de la siesta, me levanté y me alejé sin prisa.

El invernal estaba tras el bosque de eucaliptos. Tenía la puerta cerrada. Saqué la llave que me había pasado Higinio, el barbero, de parte del Pelirrojo. Si realmente era el invernal de marras, la llave encajaría en el candado.

No hubo dificultad. La puerta rechinó al abrirse y desde dentro escapó un olor a heno y humedad. Las piedras relucían como si estuvieran frotadas con un paño mojado. No sé si eran antiguas aras votivas o simples cantos de establo. En cualquier caso procedían de las pedreras del monte Véspero, morada de dioses y vacas.

Los papeles estaban bajo la gran losa del lar, cubiertos por hojas de maíz. En su mayor parte eran octavillas políticas relativas a conflictos locales, el precio de la leche y el abuso de las centrales. También había periódicos viejos y páginas sueltas de algunos recientes. Los más antiguos traían noticias de los frentes de guerra en la estepa nevada, con soldados alemanes congelados. Había un recorte de un periódico italiano, con la foto de un hombre y una mujer colgados por los pies en una gasolinera, con una nota escrita al margen con carbón de leña: *Prepárate, Paco.*

Tuve que sacar los otros papeles al exterior para poder leerlos, dentro de la cabaña apenas se veía.

Eran cartas, de letra clara y legible, pero con la tinta corrida; grandes islas azules tachonaban el papel color de rosa. Letras y lágrimas.

Las delicadas cuartillas estaban cubiertas con frases y expresiones que sólo podría entender el destinatario. Hablaba de prohibiciones, persecuciones y sospechas. Sin embargo, no se trataba de cuestiones políticas sino sentimentales. Que el destinatario era mi padre estaba claro. Su nombre era mencionado continuamente, como si a la persona que remitía le gustara invocarlo en cada renglón. Le llamaba Jinete del Atardecer, Toro Valiente; al referirse a sí misma escribía «mi débil corazón», «latido último», o declaraba que «es la última vez que te escribo». Pero seguían más cartas con reproches, autorreproches, arranques, arrebatos, quejas de sí misma. En algunos momentos aparecían expresiones como «rosa sedienta», «alma encerrada», «enterrada en vida», y cosas así. Todas las cartas estaban firmadas de la misma manera: *Falena*.

Interrumpí la lectura. Frente a mí estaban los eucaliptos, oscuros, en formación apretada. Normalmente no había insectos ni pájaros en sus ramas balsámicas, espantamosquitos. En esta ocasión unas cornejas chillaban en el suelo, entre los troncos de corteza desgarrada, llamándose unas a otras.

Pensé en la fama de mujeriego de mi padre. De su época de soltero venía una leyenda de correrías amatorias y proezas a caballo –pasar sin descabalgar por el estrecho puente de tablas y cosas así. Y aventuras con vaqueras, criadas, viudas ricas.

Sentí como si uno de aquellos pájaros negros me hubiera picado el corazón: las cartas eran recientes, la relación con *Falena* era de ahora mismo. ¿Estaría enterada mi madre? Si repasaba los dos días anteriores, pensaba que sí, que en sus palabras se había referido a aquello, y no a algo político.

–Lo ha vuelto a hacer –inquieta memoria– otra vez.

Dejé de leer los demás papeles: panfletos, proclamas, manifiestos impresos en multicopista. El Pelirrojo –pensé– era su camarada, su compañero, su cómplice, su encubridor. Cuernos y comunismo.

Amontoné manuscritos e impresos en una misma pila.

Al papel le cuesta arder más de lo que uno espera. Los periódicos echaban gran humareda, las cartas un poco de humo azul, amor volátil. Lo quemaba todo en una hoguera apretada, casi sin llama. Pero olía, olía mucho. Cuando estaba contemplando el pequeño incendio, con los ojos fijos, se presentó Luisín, de sopetón.

–¿Qué estás haciendo, Ludi? ¿Qué es eso que huele a rayos?

–Hago una ofrenda a los antiguos dioses. Sólo es

eso, amigo. A Erudino, dios de la guerra, y a Epona, la diosa yegua.

—Qué cosas dices... Las chicas quieren volver a casa.

—Voy, en cuanto aplaque la ira de los dioses.

Luisín no se movía del sitio. Me miraba con sus ojos enormes, agrandados por las gafas de culo de vaso.

—Siempre vas de listo, Ludi, vas de listo por la vida.

Me mantuve en silencio mientras el fuego se iba consumiendo. Así estuvimos unos minutos.

Luisín atrapó un papel suelto y lo echó al fuego sin mirarlo.

—Yo soy tu amigo. Seguramente yo soy más amigo tuyo que tú de mí.

Se lo agradecí con la cabeza; él se marchó para juntarse con las chicas. Me quedé un rato hasta que comprobé que todo el montón de papeles estaba reducido a cenizas. Del eucaliptal llegó un viento de esencias aromáticas. Hice pis sobre los últimos restos de la pequeña hoguera.

Descendimos los cuatro, Candidita, *Flowers*, Luisín y yo, de vuelta a Vega. Las dos chicas hablaban en voz baja, caminando muy juntas. Luisín y yo lo hacíamos unas veces delante y otras detrás, en círculos concéntricos, una veces serios, otras veces bromeando.

El autobús hacia la cárcel cruzaba el puerto del Escudo y se balanceaba como una oca gorda y cebada. Los frenos rechinaban en las curvas e interrumpían mis cavilaciones.

Miraba sin ver la línea de montes con neveros que reflejaban el sol de Castilla, tampoco me fijaba en la belleza desnuda de la meseta, ni en las nubes más blancas y más grandes al norte de la cordillera, ni en la luna de junio escondiéndose tras los altos balcones del cielo. En mi mente revoloteaba el nombre de *Falena*, la amante, la querida del veterinario, que quizá merecía estar donde estaba, encerrado con siete llaves.

Un rato más tarde, kilómetros más allá, le perdonaba, me volvía el cariño a papá; pero luego me rebotaba y volvía a reprocharle su infidelidad, su mentira.

Acompañaba a mi madre en la primera visita a mi padre en cárcel preventiva, pendiente de juicio. La causa 1028-56, decía el auto.

En el autobús, un niño había vomitado y habían sacado un frasco de colonia para limpiarlo. Bajé la ventanilla y aspiré el aire, que se tornaba alternativamente fresco o cálido según la velocidad de la vieja oca. Resentimiento, cariño, resentimiento, cariño.

El autobús se detuvo en la explanada a primera hora de la tarde. Echamos a andar en la dirección en que nos parecía se encontraba el penal. ¿Cómo habíamos hecho un viaje tan largo sin tomar la precaución de enterarnos bien de las señas? Imperdonable error. El edificio tenía que ser conocido, pero, al preguntar a los transeúntes, nadie sabía a ciencia cierta dónde estaba.

—Al otro lado del río. Creo, ¿eh? Pregunten a otro.

Algunos nos miraban burlones antes de contestar:

—¿Ven la torre de la catedral? ¿Sí? Pues allí no es.

Otro se encogió de hombros:

—¿El nuevo o el viejo?

Una señora nos aseguró:

—¿Eso no está en Burgos?, aquí no hay ningún penal.

Detesté la falta de previsión de mi madre. Mi padre podía ser un golfo, pero por lo menos a él nunca le hubiera sucedido una cosa así, en el caso de que quien estuviera en la cárcel fuera ella. Se habría informado debidamente. El resentimiento contra mi padre se lo iba traspasando a mi madre.

De pronto, decidí que era por allí, recto, y tomamos por una avenida con árboles raquíticos, sujetos por alambres a una estructura de madera que los aprisionaba.

Estábamos muy cansados. Entre unas cosas y otras ya habíamos caminado tres horas. Pero de repente estaba seguro de haber dado con la cárcel.

Le señalé el edificio grande, con bloques de granito embutidos en un muro de mortero, rejas en las ventanas y un escudo sobre el portón.

Mi madre quiso hacer un alto. Nos sentamos en un banco y sacó el espejo del bolso. Se retocó el maquillaje y reacomodó el pelo. Se empolvó dos veces y se dio colorete. Temía que su marido no la encontrara atractiva. Se acicalaba para que mi padre no viera el cansancio, la tristeza, el desaliento. Quería aparecer como a él le gustaba cuando le gustaba.

–No, chiquillo, esto no es el centro penitenciario. Es el convento de los carmelitas –me contestó la voz del portero.

Culpé a mi madre de todo, de la pérdida de tiempo y de no poder ver a mi padre. Me pareció estúpida y poco previsora. Tuve un ataque de rabia que no controlé. Entonces se echó a llorar. La abracé y ella se cogió la cabeza con las manos como si no pudiera resistir la presión de sus pensamientos.

–¿Acompañaste a tu madre? ¿Hasta ese sitio?

La tía Rosa Eva evitaba nombrar la cárcel por su nombre.

—Eres un buen hijo, Ludi.

Tendida en la cama, yo veía subir y bajar sus pechos en la siesta. Se echaba vestida, pero con los pies descalzos.

—Él dijo que le parecía bien que pasara un tiempo aquí, en esta casa.

—¿Quién lo dijo? ¿Tu padre?

—Dio su conformidad —asentí—. Y cuando nos despedíamos, se rió diciendo que yo acabaría siendo «un vendedor de garbanzos». Y añadió: «Iros de una vez, que vais a perder el autobús de vuelta.»

No le conté a la tía mucho más. Lo que tardamos en dar con la prisión, por ejemplo. También me callé que mi padre tenía un brazo roto, que estaba sin afeitar, con los ojos hundidos, y que procuraba encubrir su abatimiento con comentarios graciosos. Pero el resultado no era satisfactorio. Quizá había perdido sus dotes de seductor, de simpático simulador.

La tía movió los desnudos pies, y su pecho subió y bajó sin emitir sonido alguno.

La hora de siesta era obligada. En el comedor, el tío Pelayo a veces daba una cabezada en la butaca, pero la tía debía ir a tenderse. Y permanecer así, sin hablar, con las ventanas entornadas, mientras los ruidos y voces de la casa atravesaban la penumbra.

El tío se levantaba de un salto de la butaca.

—Cómo... ¡las tres! ¡No puede ser!

Nos miraba como si tuviéramos la culpa de la hora.

Daba unos pasos hacia el teléfono; entonces el suelo del comedor, techo del almacén, bóveda del mundo, resonaba, rechinaba, gemía. La casa parlante.

Descolgaba el teléfono y se ponía al corriente de lo que le podían decir igualmente unos minutos más tarde, en su oficina.

–Ciertamente..., claro, claro..., verdaderamente.

Colgaba y se marchaba a grandes zancadas, mientras el parqué le despedía:

–Ñec, ñec.

–Hasta luego –nos decía él.

Y la tarima de la escalera le contestaba:

–Coñe, coñe.

La tía se echaba; yo rondaba la puerta de la habitación, por si quería algo, un tebeo, un libro, una almohada.

La entretenía con mis progresos en la traducción del texto griego.

–El barco que se envía todos los años a Delos, en honor del dios Apolo, viene de regreso. Está entrando en el puerto de Atenas.

Rosa Eva estiró un poco el cuello hacia la ventana, como si quisiera ver el barco con los marineros recogiendo las velas para no toparse con los gruesos bloques marmóreos del Pireo.

—Así empieza el *Fedón*...

Estuve a punto de decirle tía, pero me interrumpí. ¿Cómo llamarla? ¿Rosaeva, Preciosa, tía a secas? Mejor evitar llamarla de manera alguna.

—... así, con el barco que vuelve a puerto, y Sócrates que recibe la noticia en la cárcel aquella, donde se va a ejecutar su sentencia de muerte, y en la que recibe a las visitas, tan ricamente. Los amigos no le han dejado en estos momentos amargos, y allí charlan y se lo pasan en grande. Bueno, unos amigos sí y otros no.

Las clases que recibía correspondían al año siguiente. Mi retraso en griego se convertiría en una ventaja sobre los alumnos del curso próximo.

—¿A que el padre Amalio de las Heras no es tan fiero como le pintan? —preguntó ella sin abrir los ojos.

—No, no. Es que tiene ese aspecto mal encarado. La verdad es que yo... No traduzco bien, cometo muchos errores, voy a ciegas.

Reanudé el relato del *Fedón*. Rosa Eva me escuchaba con los párpados entornados y una leve vibración en las pestañas.

—Sócrates intenta distraer a los amigos para que no se entristezcan con su muerte, que va a ser dentro de muy pocas horas, cuando entre el verdugo y le tienda la copa de veneno.

Veía su pecho subir y bajar. Al inspirar, se descubría un poco más de piel turgente.

–Uno de los carceleros recomienda a los visitantes que no hagan hablar mucho a Sócrates, porque entonces la cicuta obrará lentamente, y tendrán que darle varias dosis más.

La tía movió los pies. Tenía unos dedos gorditos, con uñas cortas, sin pintar. Las rendijas de las persianas proyectaban sus sombras en la pared, fantasmas del mediodía.

–Ni los amigos ni Sócrates hacen caso, no dejan de hablar acaloradamente ni un minuto, y se pasan el tiempo dale que dale, hasta que se pone el sol.

Los dedos se agitaron de nuevo. El resto del cuerpo se delineaba sobre la cama, como un valle oscuro, envuelto en su bata ligera.

–La mayor parte de las veces, no le cojo el punto al texto. Eso me desanima mucho, ¿sabes?, el perder el sentido.

–Ya lo encontrarás, ¿me alcanzas el vaso?

–A don Amalio le llaman también *Pacho Dinamita*, campeón de las hostias.

–Vaya, no se gana para sustos.

Bostezó y me dijo que saliera, que se iba a vestir. La hora de la siesta había terminado.

Pero mientras yo iba saliendo, sus labios se estrecharon, y la gran O del bostezo se transformó en un círculo pequeño, pequeño, que terminó en el estallido de un beso al aire.

Corrí, volé, pedaleé impulsado por una fuerza desconocida –amor, le llaman–, que me llevaba por los caminos por los que transitaba tarde tras tarde como si fueran nuevos para mí. Conocer lo conocido como si lo conociéramos por primera vez, llamar a las cosas por el nombre que no tienen, inventar desinventando.

Subía al Véspero, al convento de los monjes blancos en el que recibía las clases de Amalio *Dinamita* de las Heras. Ascendía sin esfuerzo aquellas cuestas empinadas, pobladas de vacas que me guiñaban los ojos con complicidad, que agitaban el rabo como una señal secreta, con sus mapas de islas en el pelo y sus ubres de nata.

Al pasar, saludé a la Viuda, que no tenía prado propio, y que llevaba su vaca a pacer en las cunetas; a las virginales yeguas que escuchaban la transmisión deportiva que salía de las casas obreras; a las casas obreras que emergían en los prados altos, vecinas a los antiguos templos; a las ruinas y a la fábrica textil, al musgo y la ambrosía.

Hacía girar los alados pedales entre dulcísimos mugidos, relinchos, ruidos de talleres, la transmisión del serial radiofónico y lloros de niños y terneros. Sudaba en mi niquelada Orbea, giraba y volaba.

Llevaba varias tardes acudiendo a la abadía en que Amalio me daba clase. La abadía fabricaba queso, unos quesos grandes como ruedas de molino, más bien sosos. Los frailes tenían una vaquería, de la que mi padre era veterinario. A las vacas nunca las soltaban a pacer al prado, estaban continuamente estabuladas, como si también hubieran hecho votos de clausura, mugido y silencio.

El camino pasaba cerca de Quimera y sus diseminados caseríos. Algunas veces me tropezaba casualmente con el ganadero pelirrojo, que hacía señas para que me detuviera.

–¿Ondevás tan aprisa, hombre?

La primera vez no llegué a bajarme de la bicicleta, le dije que tenía que recibir clase en la abadía.

–Eres buen estudiante, dicen.

El Pelirrojo había agarrado el manillar de mi bici.

–Tu padre fue el más célebre estudiante de la facultad de veterinaria de León, eso tengo oído, ¿eh?

Empecé a dar vueltas a los pedales con las ruedas inmóviles, e hice ostensible mi prisa:

–Se me hace tarde..., llego por los pelos.

Soltó el manillar y dijo:

–Famoso o infame.

Después, al volver a Vega, le conté a Luisín el encuentro con el Pelirrojo, y lo que más le intrigó fue esa frase última. Yo le expliqué que sólo era un juego de palabras y que no tenía especial significado. Pero no le conté que, día tras día, a toda la velocidad de la Orbea, pasaba por Quimera, entre el final de la siesta de la tía y el comienzo de la clase, a la que llegaba con la lengua fuera, arrebatado.

Por encima del tejado de la iglesia jorobada veía las ramas del roble fabuloso, y fuentes en las que habían bebido seres primitivos, fuesen quienes fuesen.

El Pelirrojo, cuando pasaba cerca de su huerta, me hacía señas para que me detuviera. Yo podía haber cogido otro camino para ir a las clases de *Pacho Dinamita*, por ejemplo el que iba, y que sigue yendo, en este tiempo en que escribo, desde Vega a la abadía por la parte más baja del monte Véspero. O ir por arriba, por la linde de los eucaliptales, pero era subir mucho en el monte. ¿Por qué iba a hacerlo?

En los encuentros, el Pelirrojo me solía entregar algún regalo: unas manzanas reinetas, un libro usado, revistas extranjeras, un queso rezumante de suero envuelto en hojas de plátano, impresos, hojas de periódico. A veces, el envío era para Higinio, el barbero.

–Le gusta mucho el queso. Se lo entregas cuando no haya gente en la barbería, así no tienes que dar explicaciones.

Si me entretenía demasiado, llegaba a la abadía cuando Amalio de las Heras ya paseaba arriba y abajo del claustro.

En la plaza, los amigos exageraban su preocupación por mis clases con don Amalio.

–¿*Pacho Dinamita*? ¿Clases de qué? ¿Con ese bestia? ¿Cómo te has dejado hacer eso? Haz novillos, no vayas, di que te has puesto malo.

Algunos estaban subidos en sus bicis, con los pies en los pedales, haciendo equilibrios.

Cobo Menudo, Miramamolín, fue más lejos:

–O que se ha muerto alguien de tu familia. Tu padre, por ejemplo.

Se hizo un silencio. Se pusieron a mirar al suelo, y alguno aguantó la risa.

La pausa la rompió José Abascal:

–*Pacho Dinamita* me dio clase en tercero; te mira como si te fuera a fusilar al amanecer.

Bernardo, el hijo del juez Estévez, estaba callado. Sacó un pitillo rubio y lo encendió con un mechero cuya tapa hizo sonar con fuerza, como acostumbraba. Y después murmuró, como si revelara un secreto:

–¿Le habéis visto los puños? Sólo se sabe que fue boxeador y que mató a un rival en el ring. Por eso se metió fraile.

Después, Luisín me dijo que no soportaba la manera de usar el encendedor de Bernardo Estévez.

En el primer encuentro, vi surgir la enorme figura de Amalio de las Heras entre el ciprés y el pozo.

Estaba fumando, pero apagó el pitillo al acercarse a mí. Aun así, me llegó un fino olor a tabaco rubio.

Casi sin querer le miré las manos, que colgaban a lo largo de su cuerpo como mazas en un muro. Tenía cara de filete de carne, aplastada y veteada de ternillas y venas.

—Es un diálogo de los más hermosos, el *Fedón*, ya lo irás comprobando, Ludivino —dijo.

Me estremecí al oír mi nombre completo pronunciado por primera vez por su voz ronca.

Luego me pidió el libro y lo sostuvo un rato en sus manos de boxeador. Se había quedado distraído, embebido en el texto. La ronca voz volvió a sonar:

—La inmortalidad, jovencito, expuesta en un drama que termina con la muerte del personaje principal. «Si no consigo convenceros de que el alma no perece al separarse del cuerpo, por lo menos nos habremos entretenido hasta la hora de mi muerte.»

Me entregó el libro con un párrafo marcado para que yo lo tradujera. No más de unas veinte líneas.

—Y no desprecies las partículas, como hacen algunos traductores. Si fueran superfluas, Platón no las habría puesto, ¿estamos?

En eso estábamos de acuerdo, el fraile boxeador y el aprendiz de traductor.

En el presente del ayer, al subir enamorado, balbuceo una vez más mi torpe traducción.

Las frases resultan erráticas, de nulo sentido, como si vivieran por su cuenta: «... amigos, claro, compañeros, por cierto, buscan infierno ya...».

Amalio *Dinamita* no corrige la traducción. Sólo dice:

—¡Pero, hombre, pero, hombre! Si Platón resucita, le da un soponcio.

Toma el texto griego de mis manos y ronquea:

—«Es una creencia muy antigua que las almas, al dejar este mundo, descienden a los infiernos, y que desde allí vuelven a la vida después de haber pasado por la muerte.»

Me devuelve el cuaderno.

—Inténtalo de nuevo. Será más fácil.

Paseamos arriba y abajo del claustro. Nadie nos interrumpe. Los demás frailes tienen otras labores o rezan, quién sabe. Algunos de los legos, a estas horas, estarán en la quesería fregando los recipientes con jabón y estropajo hasta quitar cualquier mácula. Y otros, fabricando cuajo con extractos gástricos.

Desde más allá de los arcos de piedra llega un olor íntimo y lácteo, como a recién nacido.

¿Este paseo es una clase? ¿Es una charla entre amigos? ¿Es un ejercicio para estimular mi cuajo adolescente?

Amalio está hablando de otro diálogo, el *Fedro*, que es una discusión sobre el amor y el deseo.

—Vaya, te veo interesado, ¿a que acierto?

Pienso que el interesado es él, porque yo no he dicho nada. Pero sí, lo estoy.

–El amor es un dios, eso defiende Sócrates ante un amigo, que llega a la plaza renegando de la pasión y de los enamorados: el enamorado se atormenta a sí mismo, y termina por atormentar al amado.

Amalio pasea a grandes zancadas. Le sigo como puedo, sin perderme nada de lo que dice.

–El amante suele tener un voraz apetito del que quiere saciarse con el querido o querida.

Me mira como si quisiera asustar a un niño:

–¡Ñam, ñam!

Y pregunta, con su cara de filete sangrante:

–¿Tú sabes lo que es tener una querida?

Mientras busco una respuesta, se detiene abruptamente.

Por este ángulo del claustro, los mugidos de la vaquería llegan como un coro de voces clamando por algún señor o dueño. O porque las vacas, al oírse las unas a las otras, se animan a hacerlo todas a la vez.

–Tu padre es nuestro veterinario, lo sabes, ¿verdad? ¿No te llevaba a visitar con él? ¿No le acompañabas? Es un gran profesional, una eminencia. ¿Se sabe algo de él? La acusación en su contra es grave. Seguramente fruto de la envidia, nuestro mayor pecado.

Y añade:

−¿Tú conoces los detalles de la imputación?

Le digo que no, innecesariamente, porque no me estaba escuchando.

−Que Dios me perdone, que nos perdone a todos...

Amalio quiere echar un cigarrillo y vamos al centro del claustro, a cielo abierto.

Me hace leer el texto griego en alta voz y me oigo a mí mismo hablar como si entendiera lo que sale de mi boca. Pero suena bien.

Ya cantan los grillos. Es la señal de que la clase debe terminar. Aunque la arquería se quede a oscuras, nadie enciende luces, porque no las hay.

Me atrevo a decir a Amalio de las Heras que eso de las almas de ida y vuelta es algo parecido a tener varios yoes, porque quizá se puedan tener dos yoes en un solo cuerpo, por ejemplo el mío.

Pacho Dinamita me mira de arriba abajo, tal que sopesara a un contrincante, y sonríe con un gesto de burla:

−Como si tuviéramos pocos problemas con una sola alma, tú quieres tener dos. Anda, vete ya. Y estudia, hombre, estudia.

Bajé, dejando que la bicicleta rodara cuesta abajo, sin encender el foco, por el puro placer de sumarme a las sombras que remontaban por el valle y el bosque.

81

Algo apareció en la carretera, y tuve que frenar para no estrellarme contra el bulto negro.

El bulto mugió tranquilamente y se fue hacia un lado, sin prisas.

Acorté por la cantera del lado norte del Véspero. Mi padre me había contado que de aquí se sacaba la piedra con la que se construían las aras de los antiguos dioses. El corte brutal de la cantera mostraba su interior, blanco como la leche.

Un vigilante me dio el alto. Se acercó con una linterna.

–Puedes pasar, pero ten cuidado para otra vez. Te puedo pegar un tiro si te confundo con los que vienen a robar cobre, y tener un disgusto muy gordo.

Yo estaba en la cama, dudando entre releer el álbum de Mandrake o continuar haciéndolo con la novela, en la que aquel joven, llamado Fernando, camina hacia la perfección neurótica; o bien hacer alguna otra cosa, o nada.

Escuché. Eran unos pasos en chinelas. El suelo de madera me avisó con un crujido, leve como el pie que lo producía. Apagué la luz y esperé.

Sentí el ligero peso de la tía Rosa Eva sentándose en mi cama.

–¿Estás dormido?

–No, no, qué va.

–¿Tienes algo que dejarme para leer?

–¿Tebeos?

–Bueno, lo que quieras.

–También tengo una novela, pero todavía la estoy leyendo yo.

–Baja la voz, no quiero que se despierte tu tío.

Me incorporé en la cama y me acerqué a ella para poder hablar quedamente.

–¿Subiste a Quimera? –preguntó.

–Claro. A clase.

–Algunas veces fuimos allí de excursión. Tus padres, tu tío y yo. Tu padre visitaba las vacas de aquellos caseríos, todo el mundo le saludaba. Es muy famoso allí.

–¿Famoso o infame?

–Habla bajo. ¿Cómo dices?

–Nada.

Le tomé una mano en la oscuridad. La mano estaba fría, pero sus mejillas, siempre enrojecidas, desprendían calor, quizá fiebre. La acaricié la piel y me pareció que a ella le agradaba. Entonces, me decidí a besarla en los labios. Rosa Eva recibió el beso, pero luego me dio un empujón.

–¡Qué te has creído, mocoso!

Me pareció innecesario lo que hizo a continuación: agarrarme por los hombros y empezar a sacudirme con fuerza. Como no dejaba de hacerlo, me entró la risa floja. Y entonces fue cuando me dio una sonora bofetada.

La casa enmudeció de pronto. Cesaron los crujidos, las vibraciones, los gorgoteos, los quejidos de las puertas, los suspiros de la madera.

Los dos nos quedamos un poco asustados, quietos.

Rosa Eva se disculpó entre sollozos, y logré entenderle que estaba muy nerviosa. Me exigió que no volviera a hacer aquello.

Se fue calmando y ella misma me cogió la mano y se la llevó al pecho.

—Tengo mucha tensión encima, y estoy preocupada. Por toda la familia. Lo de tu padre nos ha... desquiciado. Las cosas se han puesto más difíciles.

Yo tocaba su pecho, ella me dejaba hacerlo, y tuve que disimular una creciente erección.

—¿Sabes una cosa? Allá arriba, en el Véspero, tu padre me puso un mote. Me bautizó con un nombre de polilla. Y así me llamaba de vez en cuando, riendo, cuando yo tropezaba con algo, como las falenas en la oscuridad. ¿Cómo que te lo repita? Ya te lo he dicho: *Falena*.

Retiré la mano como si me hubiera picado un bicho. Ella se tocó la frente y las mejillas:

—Vaya, con todas estas cosas, me ha vuelto a subir la fiebre.

Rosa *Falena* estaba enrojeciendo, y yo sabía que eso era preludio de uno de sus ataques. Quizá en uno de esos accesos podía quedarse muerta.

Pero no hice nada por ayudarla, me quedé con los brazos pegados al cuerpo.

Se levantó y se marchó ligera. Parecía querer marcharse con su enfermedad a otra parte.

En la oscuridad, escuché el tartamudeo de sus pies en chanclas, mezclado con el reanudado parloteo del viejo almacén, pasión y garbanzos.

–He dormido mal, Luisín –le dije al día siguiente, pedaleando juntos por las faldas del Véspero–, mis dos yoes han estado peleándose por la noche.

Luisín apartó la mirada de la carretera y fijó en mí sus ojos miopes. Luego aceleró el pedaleo, y la cochambrosa bici pareció que iba a desencuadernarse. Apreté para seguirle.

Era domingo, yo no tenía clase, y nos desafiábamos en carreras cortas.

Estábamos en la parte solana, mirando hacia el valle, junto a la mancha de un eucaliptal de plantones jóvenes, de un verde intenso.

Luisín ensayaba toques de clarín para las distintas suertes de los toros. Allá arriba no molestaba a nadie; por lo menos las impávidas vacas nunca protestaban.

–La cosa es que he resuelto un misterio –le dije entre toque y toque–, conseguí averiguar quién es una persona, pero ahora tengo problemas con esa persona. La odio.

El instrumento emitió un sonido prolongado.

No tenía válvulas, y Luisín hacía los cambios a pleno pulmón.

—¿Cuál te gusta más: este toque largo, o estos dos cortos?

Sonaron dos notas seguidas.

—No me escuchas, te estoy hablando yo —protesté.

—Es que sólo quieres que conteste lo que tú quieres oír.

—Me gusta más el toque largo, es más dramático.

Luisín se llevó de nuevo el clarín a los labios. Esta vez interpretó una especie de toque mexicano a degüello, estirando las notas hasta que se perdieron ladera abajo.

—Muy bueno, muy bueno —celebré.

Luisín empezó a limpiar la boquilla, y luego a frotar toda la trompeta.

—En otoño voy a ponerme a trabajar. En el banco. De botones.

—¿Vas a dejar de estudiar?

Se encogió de hombros.

—Y tú, ¿vas a ser escritor?

—Cualquiera sabe.

Añadí:

—Eso es un secreto.

No teníamos prisa en volver y emprendimos el regreso por el laberinto de caminos y servidumbres de paso del Véspero. Marchábamos despacio, deteniéndonos en las huertas y arrancando moras en las cunetas. Saltábamos las cercas y cogíamos alguna pera o alguna ciruela verde, le dábamos un solo mordisco y la tirábamos sin más. Un destrozo. En cambio, respetábamos los higos inmaturos y las uvas diminutas. Los perros de los caseríos ladraban furiosos, trasmitiéndose los ladridos de unos a otros. El camino se deshacía y volvía a rehacerse un poco más allá, pasados unos grandes nogales. Los zarzales estaban tan crecidos que casi borraban los senderos.

Cuando giré la cabeza, había perdido de vista a Luisín.

Tomé por el único camino desbrozado que encontré, y que, por cierto, iba derecho al invernal al que me envió el Pelirrojo. Pura casualidad, me justifiqué. Los escritos, los panfletos, las cartas parecían revolotear en mi cabeza como mariposas negras.

Hurgué con el pie en el círculo dejado por las cenizas de la hoguera. La puerta del invernal estaba cerrada con candado.

Había pisadas que no eran las mías o las de Luisín en el barro blando. El invernal había sido visitado de nuevo. Pero mi pensamiento sólo imaginaba a *Falena* y mi padre haciendo el amor allí adentro, tendidos sobre el heno. Llegué a oír las bromas y risas de mi padre, tan contagiosas, y los suspiros de Rosa Eva, y los besos. Al surgir la imagen del tío

Pelayo, el cornudo garbancero, me puse a reír yo también, casi sin darme cuenta.

Solamente al levantar la vista de las cenizas me di cuenta de que Luisín estaba plantado ante mí, mirándome a través de los gruesos cristales de sus gafas.

—Me has dado esquinazo para venir aquí. Pero ya ves, me lo imaginé. Si querías venir solo, con habérmelo dicho...

Se sorbió la nariz, muy digno. Subió a la bici sin poner los pies en los pedales y se dejó ir cuesta abajo.

Le grité:

—¡Espera, espera! Te cuento lo que me pasa...

Frenó en seco.

No le conté mucho, sólo que había besado a mi tía y que ella me había abofeteado.

—¿Y después?

—Después, nada.

—Y, en el invernal, ¿qué había?

Encogí los hombros y meneé la cabeza:

—Me interesaba ver la piedra del lar. Una persona me dijo que está hecha con un altar de los antiguos dioses. Pero hay que echarle mucha imaginación. No se diferencian en nada de bloques de piedra cualquiera.

Prefería no compartir más tiempo el invernal con Luisín y le propuse invitarle a un vino con gaseosa en la taberna de Quimera.

Luisín callaba, y simplemente se quedó mirándome a través de sus gafas de culo de vaso.

La parte umbría del Véspero daba al valle y al cinturón industrial de la ciudad. Había prados muy inclinados, de buena hierba. Algunos vecinos aprovechaban el domingo para segar. El resto de la semana trabajaban en la fábrica textil, pero también tenían algunas vacas que alimentar.

Por encima de los maizales se contemplaba la vieja montaña, demediada para la extracción de piedra caliza. Arriba del todo, en la cima, triunfaba la roca blanca del Véspero, monte venusiano. Los cuarzos relucían como espejos de la diosa, y mil luces se despeñaban por las laderas y los pandos anegados.

Bajar a la par era imposible, así que nuestras bicicletas se seguían la una a la otra, y yo tenía que elevar la voz para que Luisín me pudiera escuchar.

–Las diosas de por aquí eran muy hermosas, iban semidesnudas y la ropa les marcaba mucho los pechos cuando llovía, o cuando se mojaban por el rocío o por cualquier otra cosa. Andaban descalzas, y dormían la siesta tumbadas en la hierba, moviendo los dedos de los pies, deditos, deditos, deditos...

–Espera, espera, que no te oigo, ¿qué estás diciendo?

No hice caso y decidí rematar.

–Las diosas inmortales, tan coloradas, tan sanas, se pensaban que iban a durar siempre. Pero no eran inmortales.

–¿En qué quedamos?

–Enfermaron. Hicieron el amor con los humanos y enfermaron. Es como si los humanos tuvieran relaciones con los animales. Lo mismo.

A Luisín no le gustó el nuevo giro de la conversación.

–¿Vas a volver a besar a tu tía?

–No lo sé, por una parte me gustaría, por otra no.

–¿Me lo contarás?

–Desde luego.

Llegamos a Quimera sudando y sedientos. En Quimera existía una sola taberna en la plaza descuadrada e irregular.

–Es una plaza muy rara, ¿no te parece?

Luisín se encogió de hombros.

En esto apareció el Pelirrojo –en Quimera todo se convierte pronto en noticia–, y nos invitó a tinto de verano y a queso.

–Tenemos un poco de prisa –dije yo.

–¿En domingo? –Hizo una seña y una mujer silenciosa sirvió un plato de queso quimérico–. Es un buen queso, muy estimado –dijo el Pelirrojo en voz baja–. Estos días ha habido mucho trajín, ¿sabes? Guardias subiendo y bajando. También por la noche, con linternas. Parecía que el monte estuviera de verbena. Vinieron, preguntaron y se fueron.

Bebió el vino de un trago. Contempló con satisfacción el apetito de Luisín.

—¿Te gusta, hijo?

Y añadió:

—A lo mejor vinieron por el queso, quién sabe. Por cierto, mañana, si puedes, te llevas un buen trozo para Higinio. Bien envuelto, para que no huela.

Me guiñó un ojo.

—A tu padre sí que le gustaba el queso, como sabes muy bien. Un buen catador, el veterinario de Vega. ¡Un gran gustador! ¡No hay sabor que no quisiera probar! Menudo diente el del famoso veterinario. ¿Tú también saliste goloso?

Descendíamos las vertiginosas callejas del Véspero. Ya empezaba a anochecer y Luisín no tenía faro en la bicicleta, cegato y sin luz. Yo iba por delante, haciendo de guía, y mientras pedaleábamos hacia el valle, bajaba conmigo la gran tristeza que me había caído encima al oír mencionar a mi padre.

Cuando llegamos a las afueras de Vega había perdido de vista a Luisín.

Me dispuse a retroceder en su busca y, de pronto, de una esquina salió un agudísimo toque de trompeta. Di un respingo, sobresaltado.

—Qué, ¿te has perdido? —preguntó Luisín.

Descansamos un momento. Esta parte de Vega

era un barrio obrero, de casas de protección oficial, con calles sin terminar que daban a los desmontes de lo que iba a ser un polígono industrial. Había cables y vigas con los hierros al aire, en espera de nuevas construcciones. Allí vivía Luisín con su madre, que era cajera del reciente supermercado.

Nos quedamos mirando el cauce seco del regato. Luisín sabía que sería yo quien rompiera el silencio.

–¿Tú crees que a mi padre le darán palizas, allí adentro?

Luisín callaba.

–Dicen que cada vez que hay una huelga o algo así, la toman con los presos, como si ellos pudieran tener la culpa de lo que pasa fuera.

Luisín se quitó las gafas y vi sus ojillos de huevo de gorrión.

–No creo que les peguen, Ludi, a no ser que sea muy necesario.

Esa noche no refrescaba. Al contario, el calor iba en aumento. Echamos a andar llevando la bici del manillar. Familias enteras volvían de la playa, o de los parques, con niños cansados y quejosos. Los padres les regañaban sin ganas, por costumbre. Un aire de fatiga dominguera que anticipaba la semana laboral.

Aparecieron Félix y Baldomero, muy trajeados, con la corbata desanudada, acompañando a sus novias hasta el portal. Saludaron y dijeron que les esperáramos para tomar la última copa. Ellos no querían que se acabara el largo domingo de verano.

Cuando salí del bar estaba algo mareado. Me subí a la bicicleta y crucé Vega de parte a parte, procurando mantener el tipo, erguido sobre el sillín. Se estaba levantando viento, y sonaban los cables de la luz y tintineaban los cristales de las farolas. Las tres banderas de la Plaza Mayor, con sus águilas, sus flechas y su cruz en aspa, restallaban como si las estuvieran golpeando. El viento del noroeste viraba al sur, aún titubeante, a ráfagas.

Comenzó a entrarme desazón, deseo.

Quizá mi tía Rosa Eva viniera, estuviera viniendo, hubiera venido ya, a mi cama sobre el almacén. Corrí, no quería que se marchara al no encontrarme. Soñaba con poder tocarla, abrazarla en la oscuridad. Subí la escalera a tientas, dando tropezones, alborotando la casa.

El mundo daba vueltas, y yo me tambaleaba con él.

El fuerte sur desató una discusión sobre ir o no ir a la playa. La Plaza Mayor, a eso de las once, estaba casi desierta. Desde la puerta del castillo retrete, el divisionario mutilado observaba a toda la pandilla. El grupo de chicas permanecía bajo los soportales, esperando que los chicos se aproximaran. Pero nosotros pensábamos que eran ellas las que debían reunirse donde habíamos quedado, en los bancos de la plaza. Todos estaban malhumorados. Unos dijeron que no les importaba el viento, y otros que sí, que la arena volaba y se metía en los ojos. Cruzaban las ruedas de sus bicicletas y hacían equilibrios mientras discutían por discutir, aburridos. Yo no participaba; por la tarde tenía la clase con don Amalio *Dinamita*.

Aquella mañana el tío Pelayo me había preguntado, una vez más:

–¿Has ido a ver a tu madre?

–Hoy todavía no.

–¿Ayer sí fuiste?

–Pues me parece que ayer, precisamente ayer, no.

–Pero, hombre, pero, hombre...

Movió la cabeza y puso su mueca más triste. Es verdad que yo descuidaba las visitas a mi propia casa. Mi madre estaba fuera hasta el mediodía. Había encontrado una labor gratificada –nunca la llamó trabajo– en la composición de ramos de novia y coronas fúnebres. Pero justamente después del mediodía es cuando yo deseaba asistir a la siesta agitada de Rosa Eva.

Dudaba.

De esos pensamientos me sacaron las preguntas sobre *Pacho Dinamita:*

–¿Ya te ha sacudido? ¿No? Yo no me fiaría –dijo Cobo Menudo.

Entonces intervino José Antonio, el hijo del secreta.

–Tiene el brazo izquierdo prohibido para boxear. Se considera que es un arma mortal. No puede utilizarlo bajo ninguna circunstancia, por orden gubernativa.

Se empezó a discutir si eso podía ser cierto o era un bulo sin fundamento, pero la conversación no dio mucho de sí.

Por el lado de la plaza que daba al bar Español, apareció Bernardo, el hijo del juez Estévez. Alto, con sus pantalones blancos, haciendo un saludo rápido a las chicas, que se quedaron un momento calladas. Parecía apresurado y marchaba haciendo tintinear las llaves del coche. Su padre se lo prestaba de vez en cuando, a pesar de no tener la edad reglamentaria.

–Mírale, no va a ninguna parte –dijo Luisín–, hace como que va con prisa, para darse importancia. Pero no va a nada.

Por fin nos acercamos a los soportales. El grupo de chicas se abrió en abanico. *Flowers* sobresalía por encima de las cabezas. Candidita llevaba un traje de volantes como los alones de un pollo amarillo.

Se resucitó el tema de la playa, en una discusión sin fin.

Antoñita Abascal se mostró muy antipática con todos. Y las otras se contagiaron.

—¿Qué te pasa, Abascal? —preguntó Cobo Menudo.

—¿Qué quieres que me pase, qué quieres que me pase? —contestó sin mirarle.

Flowers y Candidita nos dijeron, a Luisín y a mí, que no querían ir a la playa, pero que podíamos ir de nuevo de excursión al Véspero.

—Y merendamos —propuso Luisín.

Pero enseguida me miró a través de sus gafas de culo de vaso.

—Ya sé que ahora prefieres otras cosas, pero por intentarlo que no quede.

El ambiente sofocante se colaba por todas partes, por mucho que se corrieran cortinas y se bajaran persianas.

La tía descansaba sobre la cama con los ojos cerrados. Yo la contemplaba sin hacer ruido. ¿Debía decirle que había encontrado aquellos escritos, advertencias, citas furtivas, pasiones clandestinas?

Ella se sabía mirada, pero no abría los ojos.

Estaba sin maquillar, sólo los labios, de carmín intenso —repintados tras la comida—, con el pelo desparramado en la almohada. La Venus dormida, si es que existió alguna vez, que me parece que no.

El viento del sur sacudía las persianas. Rosa Eva movió, por fin, una mano para coger algo de la mesilla de noche. Cuando se volvió, vi la sábana empapada de sudor.

–¿Me haces el favor? –pidió.

Me acerqué y dudé entre el vaso de agua y el pañuelo.

Ella me dijo que abriera la puerta de la mesilla. En la palangana había una esponja húmeda. Comenzó por pasársela por la frente, y luego por los brazos.

La noche anterior en la taberna, mientras Luisín y yo bebíamos con los basureros el cuarto o quinto vaso de vino, se me escapó extemporáneamente algo que giraba como un moscardón en mi cabeza.

–¿Se puede odiar a una mujer muy guapa, muy guapa?

Félix y Baldomero estaban hablando de otras cosas y se quedaron desconcertados. Luisín no se sorprendía de nada.

Me había ido de la taberna sin despedirme. Subí a la bicicleta y comencé a hacer eses, pobre niño borracho.

Y no, no le iba a decir a Rosa Eva nada de las cartas. Para eso había hecho una hoguera con ellas.

Al fin abrió los ojos y me miró como si esperara algo; yo dudé si acercarme y llamarla por su nombre, Rosa Eva, a secas, sin tía, sólo soplarle el nombre en el oído.

En esto se oyeron unos golpes dados con los nudillos en el quicio de la puerta. Era la criada.

–El señor, que quiere hablar con el señorito Ludi.

El tío Pelayo me pidió que le acompañara hasta el café Metropolitano, adonde acudía intermitentemente.

–Quiero advertirte algo sobre tu tía..., no, nada, que...

Marchábamos por una de las aceras que dan a la Plaza Mayor, pero en dirección contraria. Al fondo de la calle se podían entrever los ladrillos rojos de la plaza de toros.

El tío se detuvo para saludar a un conocido y yo esperé algo retirado.

–La cosa es que el diagnóstico no es muy bueno. Pero hay que tener esperanza, confianza. Eso es lo último que se debe perder, la confianza.

Le salía un tono triste, apagado, que contrastaba con sus palabras.

Volvió a pararse con otra persona, en este caso muy brevemente. Se despidió con excusas por no poder entretenerse más tiempo. Seguimos y me pasó el brazo por el hombro.

–Lo que más necesita Rosa es tranquilidad. No se la puede molestar durante el reposo.

Añadió con cierta dureza y una mueca familiar, mi propia mueca:

—Se acabaron esas visitas a la hora de la siesta, ¿estamos?

Me di cuenta de que su brazo aún apretaba el mío.

Habíamos llegado ante el café Metropolitano. Desde dentro llegaba la música de una orquestina con vocalista. El sonido trascendía a la acera al abrirse y cerrarse la puerta. Era una música sosa, de un género mixto, entre el bolero y la canción española. Fea.

—Anda, entra un momento. Venga, tienes tiempo antes de la clase. Hay una música magnífica.

Pasamos, estamos pasando, al interior. Los visillos de color verde están corridos, y el contraste de luz me hace tantear el camino entre las mesas. Poco a poco voy distinguiendo en la oscuridad las caras de los parroquianos, verdosas, apretujadas, redonditas, en las que apenas se distinguen las aberturas del rostro, como aceitunas rellenas en un tarro.

Hay un pequeño escenario, con unas cortinas de rojo intenso que parecen arder en la oscuridad. La pálida vocalista está entonando una canción interminable, una especie de letanía de pecados y traiciones. Va vestida con obligado recato, y lo compensa moviendo los labios como si fueran nalgas.

Tropiezo con las esquinas de los veladores, los pies de los clientes, las tintineantes cucharillas. Al fin, voy acostumbrando mis ojos a la luz tenebrosa.

Me guía el tío Pelayo, que sí conoce la ruta, los atajos, las tertulias, los grupos, los afines.

En el mejor emplazamiento del café, punto central entre la barra y el teatro, está la mesa del juez Estévez, hacia la que nos dirigimos sin dudarlo. Los otros contertulios son el policía Ramiro de Saz, padre de José Antonio, y el padre de Cobo Menudo, comerciante de peletería.

Cuando llego, sostienen una conversación ya empezada, que no interrumpen para saludar a los recién llegados, el tío Pelayo y yo, como si ello formara parte de la costumbre, de unas reglas desconocidas.

El tío Pelayo me señala una silla, y él se sienta en la que está equidistante entre los otros tres y yo.

Encarga para mí, sin consultarme, un café granizado.

—Es lo mejor para este sofoco.

El camarero me mira como a un intruso, casi con desagrado, como si desequilibrara el paisaje. Al tío ni le pregunta, conoce lo que desea cada uno de ellos, el orden que deben seguir las consumiciones, el café, el anís, el sifón.

En este lugar jamás se pide nada de comer, ni una patata frita ni una pasta, ningún dulce. Hay muy pocas marcas y productos. Sólo música, oscuridad y entrechocar de platos y cucharillas.

—Registrar, registraron todo, las casas, las cuadras, los pajares. Se practicaron varias detenciones, aún los tengo incomunicados. Ya veremos. –El juez enciende y apaga el mechero, sin tener tabaco que prender. Sólo mira la llamita.

El padre de Cobo Menudo no me ha dirigido la vista ni una vez desde que me senté. Me ignora completamente, pese a que otras veces me ha visto con su hijo y nos ha saludado.

Ahora está diciendo:

–... pero los cabecillas, los verdaderos instigadores, ésos siguen sueltos, juez. No sé a qué se espera.

El juez Estévez se encoge de hombros, haciendo ver que en definitiva su actuación depende de las pesquisas policiales. Las miradas se dirigen ahora al secreta, a Ramiro de Saz.

Es un hombre alto, con fino bigote y pelo ondulado. Tiene un aire pulcro, y recuerda vagamente a algún actor de cine. Según dicen, bebe mucho, aunque yo nunca le he visto borracho. Su hijo no se parece nada a él, es moreno y zafio.

Pero el actor, el policía, quiero decir, permanece en silencio, como si no le tocara hablar en ese momento, o su réplica consistiera en aguantar la mirada.

Cobo, el peletero, insiste:

–Lo peor son los que no dan la cara, los cobardes que corrompen a sus compañeros, a sus amigos. A ésos habría que castrarlos.

Yo, mientras, para hacer como que la cosa no va conmigo, fijo mis ojos en la vocalista, quien se da cuenta de que en aquella mesa hay alguien que muestra algún interés por ella, y me mira a su vez, me está mirando mientras pone su boca en forma de O, y muestra su lengua en las consonantes palatales, en los reproches, en las notas bajas.

El juez Estévez acompaña la música de la orquestina tamborileando en el mármol de la mesa:

—En Quimera hay una célula muy activa, con emisarios y todo. La policía lo sabe y no hace nada.

Ramiro de Saz sale de su mutismo como con desgana. Hace de personaje secundario sin énfasis ni emoción:

—Utilizan como correos a menores de edad.

Cobo levanta la voz:

—¡Se les machacan los cojones! ¡Se les machacan los cojones!

El tío Pelayo interviene, mostrando su asombro:

—Es que, es que, ¿eh?

El juez Estévez levanta la mano para hablar. Los demás callan, y por un momento sólo se oyen las quejas de la vocalista y el bombo de la orquestina.

—Corrompen a la juventud. Se valen de la noble condición de nuestros muchachos para infiltrarse en sus mentes. Les ofrecen unas ideas nuevas, importadas, que nunca han oído, llenas de aparente buena intención, pero ahí está la semilla de la rebeldía. Luego ya es tarde, han caído en una red de la que no pueden salir.

102

Estalla un aplauso, sobre todo proveniente de los camareros, que hacen de claque. La actuación de la vocalista ha terminado, y está agradeciendo los aplausos. Me dirige una última mirada y una sonrisa.

Entonces el policía Ramiro de Saz parece fijarse por primera vez en mí.

–¿Y tú qué haces aquí, chaval? Éste no es sitio para niños. Tienes una clase a estas horas, ¿no es así? Ya ves que estoy enterado. Hala, vete, vete de una vez.

Asiento, y me pongo en pie. Intento saludar, despedirme, encontrar alguna expresión vacía. No es necesario. No me prestan atención ni me dirigen ninguna palabra de despedida.

Pedaleé monte arriba, corrí, huí, liberado al fin. El vendaval me bamboleaba de un lado a otro de la carretera, soplando unas veces silencioso y otras quejándose entre los árboles. Allá arriba encontraría refugio en el alado griego, en sus elegantes verbos de decir diciendo, en el tiempo sin duración de sus aoristos, en las misteriosas reglas, en el profundo pozo de los neutros, en la lluvia repiqueteante de las partículas. No necesitaba haber bebido para estar borracho. El oscuro café me había devuelto a la noche anterior en la taberna, en un punto de la indeterminada acción de *bebí*, tiempo sin medida. Corrí corriendo, pedaleé pedaleando, huí huyendo. El viento me era favorable.

103

Saludé a la vaca de la Viuda, que pacía las hierbas libres de la cuneta, escuché las conversaciones de las familias en los hogares, el llanto del niño, el bolero de Machín, el fichaje de Di Stéfano, el rebudiar de los jabalíes en la mies. Me llegó el olor a celulosa de la fábrica de papel, río de aceites y colores, la presencia de todas las cosas visibles e invisibles, como la fuerza del imán y la leve gravedad de la luna.

Los obreros, de vuelta de la fábrica, pedaleaban hacia sus caseríos, donde las vacas mugían de impaciencia por ser ordeñadas. Sobrepasé varios grupos, acelerando fuerte en los repechos y en las curvas abiertas, ayudado por el sur de la locura y la desazón.

El ganado soportaba mal el viento ardiente y echaba a correr como si le picara la mosca. Las mujeres se sujetaban las faldas al bajar por los prados inclinados. Arriba, el viento era invisible en la cima venusiana. Vacas, diosas, hembras. La realidad es una de las cosas más raras que existen.

–¡Qué pronto llegas, muchacho, no son ni las cinco!

Amalio *Dinamita* me saludó así, sin devolverme las buenas tardes. Al entrar, le había visto en la penumbra con la cabeza inclinada sobre un libro. ¿Leía o dormitaba?

El lego de la portería me había dicho que el padre Amalio aún estaría en su celda, y me indicó el camino.

En la explanada, unos legos jóvenes jugaban al fútbol con el hábito remangado en la cintura. Eran los que trabajaban en la vaquería, y los que ayudaban en las funciones de la capilla. Daban gritos y patadas al aire, la pelota estaba vieja y algo desinflada, fofa.

Tardó unos segundos en enfocarme con aquellos ojos incrustados en su cara de bistec de carne roja.

–Vaya, vaya, estaba pensando en ti. Y apareces.

Amalio dejó el libro en la cama, estrecha para su enorme cuerpo. Rebuscó bajo el hábito y extrajo una cajetilla. Me tendió un cigarrillo.

–También te puedo ofrecer café de polvos. Es un poco tóxico, como la cicuta.

No empezábamos todavía la clase. El ex boxeador me estaba dando trato de amigo.

El cigarrillo era un Camel. Llené los pulmones de humo aromático. Provocaba sensaciones muy distintas al del caldo o al de cuarterón.

El aire que se colaba en la celda movió el humo como si fuera un fantasma azul.

–«Teméis, igual que niños, que, al morir, el alma salga del cuerpo y sea llevada por el viento, sobre todo si se muere en un día huracanado.»

Aventó el humo con el libro.

–Sócrates tenía sentido del humor, el hombre. Teniendo en cuenta, además, que sólo le quedaban un par de horas para ser ejecutado.

Retiró el hervidor del infernillo y vertió el agua caliente sobre el polvo de Nescafé.

Volvió al libro:

–«Hay dentro de nosotros un niño que se atemoriza con esas cosas de la muerte» –tradujo–. Revuelve, revuelve. ¿Azúcar? ¿No? Te gusta amargo, como a mí.

Batí un rato el café con la leche evaporada. Se iba formando una masa marrón con espuma blanca. Se me cayó la cucharilla al suelo.

Amalio se percató de mi aspecto arrebatado, más sofocado que de costumbre.

No sé qué pensaría, pero dejó el texto del *Fedón* y me escrutó con detenimiento. En la pequeña celda, su cuerpo era más grande, como el de un ogro en su cueva.

–¿No te gusta el griego? ¿Te cuesta mucho traducir, te desespera quizá?

Tomó un sorbo de café, y añadió:

–Yo la preferí, la lengua griega, en vez de otra materia. Para olvidar el boxeo, más bien. Cuando profesé, me dieron a elegir entre la rama de clásicas o las matemáticas. Elegí la lengua de los filósofos y los atletas.

El café estaba ardiente. Resoplé, mientras que Amalio siguió tomándolo a sorbos sincopados.

–En el boxeo hay que enfurecerse, si no, no logras combatir con éxito. En esto de los idiomas pasa lo mismo, tienes que lanzarte de cabeza. No hay que darle tantas vueltas a las cosas, muchacho. El verbo también es acción.

Apenas terminé mi cigarrillo, Amalio me ofreció otro, mientras ya encendía el suyo. La pequeña habitación se iba llenando de humo.

–*Pacho Dinamita*, ¿no me llaman así tus amigos? Ya sé lo que murmuran sobre mi vida deportiva. Aquí arriba nos enteramos de todo, Ludivino. La montaña tiene oídos.

Veía su cara colorada en la penumbra gaseosa.

–Pero es verdad que entre las cuatro cuerdas del ring no puedes tener piedad. El otro aprovecharía tu debilidad para machacarte. Hay que tener afán de acabar pronto, de destrozar al adversario, de castigarle hasta que caiga a tus pies.

El viento sacudió la puerta, como si llamara alguien. Tembló con fuerza y luego se paró.

–Debes tener valor, muchacho, y un poco de violencia al enfrentarte a las palabras y las cosas.

Después de una larga calada, continuó:

–Una vez dudé, cuando vi sangrar a Orlof. Orlof era un peso semipesado. Yo, entonces, pesaba algo menos, pero le aticé bien con la derecha en el plexo solar, él descuidó la guardia y le di con la izquierda en el ojo. Sangraba y me detuve, pero el árbitro no paró la pelea. No sé cómo, pero acabé en la

107

lona en unos segundos, KO. Mi alma sí que vagó por el Hades, perdida y noqueada, tratando de tomar aire, flotando por el río del olvido y por la laguna infernal. ¿Todo ocurrió por un segundo de duda? Lo que llamamos duda no es sino el miedo disfrazado bajo otro nombre: clemencia, perdón, derrota, que es lo que me ocurrió ante aquel boxeador que se llamaba Orlof, Cabeza de Hierro. Me salvó el sonido de la campana. Después, de rodillas, traté de ir hacia donde veía luz. La bombilla del ring oscilaba sobre mi cabeza. Vaya mareo, Ludivino, muchacho. Continué el combate y me juré que nunca más sería noqueado. Y así fue, mientras fui boxeador.

En la penumbra, la cara de Amalio sangraba como una pieza de carne recién fileteada.

–Ahora soy capaz de perdonar al prójimo, pero no a mí mismo.

Movió su corpachón para coger de nuevo el libro.

Estábamos otra vez ante el texto, traduciendo juntos, avanzando codo con codo.

Fumé, fumamos; siempre oí decir que el Camel tenía algo de opio, quizá una pizca, en polvo, o cierta esencia secreta.

Me pareció que podía traducir con mayor facilidad.

Amalio se sacudió de encima la ceniza y cerró el libro. Percutió la tapa con el dedo índice:

–Una historia de sombras y fantasmas.

Aspiré el humo de mi cigarrillo y lo retuve. Lo sentía expandirse por los pulmones, disolverse en la sangre, llegar al cerebro. La vaporosa textura de un alma vagabunda. El alma de un Camel muerto.

Hice algún gesto, o alguna mueca involuntaria, que hizo preguntar a Amalio:

–¿Te marea el tabaco? ¿Te sientes bien?

–Sí, sí, inmejorablemente.

–La nicotina aviva la inteligencia, está científicamente demostrado. Además, yo si no fumo, toso.

Pero, contrariamente a su argumento, el ex boxeador se puso a toser con una tos honda, profunda, como venida del fondo de una caverna.

Al salir, me dijo que me quedara con la cajetilla.

El viento se había calmado. La lluvia iba a llegar, estaba llegando, llegó mientras bajaba del Véspero. Las partículas de agua cambiaban el paisaje, limaban las aristas, avivaban los colores.

ἄν, γε, δή, τοί, τοιγάρ, estallaban las gotas al chocar contra mi cabeza.

Tenía el pelo chorreando, y la cortina de agua me cegaba por momentos.

Doblé hacia Quimera en busca de refugio. En la plazuela me apeé de la bici. Esperé que escampara bajo la tejavana de la iglesia, frente al roble de grandes ramas. Un chorro continuo descendía del tejado, salpicando más que la propia lluvia. La plaza estaba desierta y mostraba su mojada asimetría. Se estaban formando arroyos en direcciones contrarias, entre cruces de trazos y surcos. Los hilos de agua se creaban de manera azarosa, errática. Obedecían, sin duda, leyes físicas implacables y prefijadas, pero desconocidas.

No escampaba. A la media hora, con la oscuridad del monte ya encima, volví a subirme en la bicicleta.

El camino era más barro que tierra, las ruedas se atascaban y acorté por los prados, a pie, con la bici al hombro.

–Cómo vienes, Ludi, pareces un pollo mojado –dijo la tía Rosa Eva, riendo–. Quítate la camisa, y los pantalones.

No se iba de la habitación, así que seguí vestido, todo empapado.

Se dio la vuelta para buscar ropa seca en el armario. La puerta de madera se abrió con un largo crujido.

Yo estaba muy sucio, y las botas habían dejado huellas de barro por toda la habitación

Tiró un pantalón y un calzoncillo sobre la cama.

–Vaya facha –dijo, al salir.

Me quité la ropa húmeda, pero no me vestí enseguida, continué sentado en la cama, cruzado de brazos. De pronto, empecé a temblar. Frío no sentía, pero la cosa es que daba diente con diente. No esperaba nada, pero permanecía así, sin ningún motivo especial.

Ignoraba que ella iba a volver, pero volvió.

—Te vas a acatarrar. ¿Qué haces ahí desnudo?

Había regresado con una toalla, pero al verme en pelota se había quedado cortada.

—Te esperaba —aseguré.

No pestañeó, y se puso muy seria.

—Tú sabes que soy una señora casada. Y además con un tío tuyo.

—Sí, claro.

—Pues me besas y se acabó.

Pero no la besé, y ella tampoco lo hizo. Eso sí, se acercó y comenzó a frotarme la cabeza con la toalla. Cuando terminó, pensé que si la dejaba ir perdería toda oportunidad.

La que habló fue ella.

—Pero qué tonto, qué tonto eres.

Y yo, quieto.

Añadió:

—Como todos los hombres.

Al oírle decir eso, la abracé y la empujé sobre la cama. Un movimiento demasiado brusco, torpe.

No me rechazó, pero tampoco me devolvía los besos. Estaba en otra parte, pensativa o ajena. Seguí, ansioso, pero ella seguía sin hacerme caso. Me dejaba hacer, simplemente. Oculté la cara en su regazo. ¿Debería dejarlo o seguir adelante?

111

Al fin, pareció darse cuenta de mi existencia y volvió a este mundo. Me acarició con mucha dulzura.

–Dame tiempo, Ludi, dame tiempo –dijo ella.

Me oí contestar, atropellando las palabras:

–Es que no hay que darle muchas vueltas, porque la palabra es acción, y hay que hacer lo que hay que hacer sin pensar mucho, sin esperar a saber por qué se hace, como, por ejemplo, en el boxeo, en que tú golpeas antes de que te golpeen, o cuando tienes delante un montón de palabras que hablan por sí solas...

Trató de interrumpirme.

–No entiendo nada de lo que dices, pero me gusta oírte. Ese tono de voz, tan semejante...

Yo había seguido hablando:

–... y porque llevo soñando con esto mucho tiempo.

Le besé los hombros, descendí a los pezones, la estrujé contra mí. Ella me pasó sus brazos por el cuello, y, por primera vez, me devolvió el beso.

Pasé la lengua por su piel.

–Aquí no, aquí no.

–¿Cómo?

–Abajo, abajo.

Metí la mano por debajo de su braga.

–No, no..., abajo, en el almacén.

–¿Cuándo?

–Después de la cena.

Esta vez nos abrazamos los dos, largamente.

Estaría enferma, pero apretaba con fuerza. Descubrí que el amor es dulce. No lo sabía. Y que la fuerza es compatible con la ternura.

Nos separamos al cabo de un rato.

Se levantó y se recompuso un poco la ropa.

Cuando me quedé solo, me volvieron los temblores. Me levanté y me vestí, sin encender la luz. Miré por la ventana. Había una radio sonando a todo volumen en una casa vecina, con los balcones abiertos al aire húmedo y denso.

Escampaba, y se podía ver la luna recién lavada. Iba ascendiendo en el cielo, acompañada por el parte de Radio Nacional. La noche estaría despejada y mañana haría un buen día.

A las dos de la madrugada estábamos los dos en lo más profundo del almacén, más allá de los vinos y las salazones, cerca del depósito de la sal. Unos costales vacíos hacían de colchón, y sacos de garbanzos mitigaban los sonidos.

El amor me fue fácil. Como si siempre lo hubiera hecho, como si conociera su sentido y sus tiempos y partículas. Entré decidido –acerté más bien de casualidad–, y permanecí dentro hasta que ella dijo algo, tras el estallido triunfal. Pero no llegué a entenderla muy bien, porque Rosa Eva habló lo suficientemente bajo para que yo sólo sintiera el viento de las palabras.

No hubo un final propiamente dicho. El placer siguió, seguía, sigue en mi cabeza ahora mismo. Sin reflexiones ni cavilaciones. Qué gozo el de no pensar durante, qué gozo el de recordar después.

Saqué los restos de la cajetilla y le ofrecí un pitillo.

Dudó en aceptarlo:

—No podemos fumar aquí, si tu tío se enterara se cogería un cabreo monumental.

Se rió de su propia inconsecuencia.

Encendí un Camel. Lo compartimos.

—De todas maneras, no debería hacerlo, es malo para mí. Prohibido.

Permanecimos en silencio; ella daba una calada de vez en cuando. De la sal emanaba una fosforescencia azulada.

Le señalé que el camello de la cajetilla tenía, en la pata y en la grupa, los esbozos de un niño orinando y un mono, quizá un mensaje oculto.

Tras inhalar largamente, me dio un beso lleno de humo.

Rosa Eva aplastó el cigarrillo y escondió la colilla.

Esparció el humo con la mano y se puso a escuchar. No se oía sonido alguno. La casa parlante estaba callada. Al cabo de un instante empezamos a oír sonidos fantasma, engaños de la noche. Luego nada, y después la casa avisó con cuchicheos de que algo se movía por encima de nuestras cabezas, en el piso de arriba.

Primero se marchó Rosa Eva, y yo lo hice al cabo de un rato, saltando sobre los costales, en la total oscuridad.

Poco después ya estaba en mi cama, rodeado de libros y tebeos, de palabras y viñetas. A salvo. Por un momento pensé en ver aparecer al tío Pelayo, quizá en ronda nocturna, quién sabe. Pero no apareció nadie, no.

Unos minutos más tarde sentí una pequeña molestia bajo mi espalda. Rebusqué entre la ropa y, al final, lo encontré. Era un garbanzo.

Le di muchas vueltas entre los dedos; pensé masticarlo hasta que se ablandara, pero, al final, lo puse en la mesilla de noche, y ahí se quedó, junto a los libros y cuadernos.

Uno de mis dos yoes se echó a reír: «Acabarás por ser un vendedor de garbanzos, como tu tío Pelayo Pelayo», según diría mi padre, con esta risa mía, tan suya.

El otro de mis yoes estaba repasando lo vivido, alargando las situaciones, acortando otras.

Y el mar, principio y fin de casi todo, en aquella mañana de cielo sin nubes. El día más espléndido de todo el verano, proclamaron Luisín, María Luisa Flores y Candidita.

Quisieron, querían, convencerme para ir a la playa. No les costó mucho. De todas maneras, puse algunos inconvenientes: que si tenía que ir a clase con Amalio, que si tal y que si cual.

–Estás deseando ir, Ludi –me dijo Luisín–. Pero quieres que te insistan las chicas. ¿A que sí?

Era verdad que tenía ganas de ir a la playa, como hacían todos mis compas, como mis amigos, como Luisín y ellas, las chicas.

–Bueno, si no voy es porque tengo otras cosas que hacer, Luisín.

Pero fui.

No tenía manera de avisar a Amalio de que no subiría al Véspero. Luisín se ofreció a hacerme el recado en una hora y llegar a tiempo para coger el autobús de las doce.

–No, déjalo, mañana me disculparé por no haber avisado, lo entenderá.

Pensé en la traducción, cuyo texto se acercaba a su trágico final.

–Sócrates tendrá un día más de vida.

Me llevé a la playa el *Fedón* de la colección Austral y el lápiz de subrayar, arena y literatura.

A mi cuerpo le apetecía sentir el golpe de las olas contra el pecho, la acidez salina, la fuerza de la resaca, y tratar al mar de tú a tú. Enfrentarme a algo de fuera de mí. Desde la noche anterior, el deseo había aumentado y lo sentía dentro, dios insaciable.

116

Me pregunté si, en caso de morir ahogado, el último pensamiento estaría dedicado a Rosa Eva.

Braceé junto a las chicas. Luisín tardaba en tirarse, remoloneaba haciendo ejercicios de brazos y piernas. Para nadar no se quitaba las gafas, y lo hacía manteniendo la cabeza fuera del agua.

Me alejé de la orilla, les perdí de vista. Tardé en salir, tratando de lograr un punto de cansancio que me hiciera tenderme, con lasitud, en la arena.

Candidita había traído el almuerzo en una bolsa enorme que utilizaba como reposacabezas, mientras se untaba de crema una y otra vez.

María Luisa *Flowers* estaba tumbada boca arriba, con los ojos cerrados, gozando del sol por todo su largo cuerpo.

Luisín no paraba de moverse, como si no encontrara un sitio adecuado en todo el arenal. Yo me tendí entre las dos chicas, rozando casi su piel. Quise hacer una gran aspiración de aire marino, pero en realidad me salió un suspiro.

Ellas abrieron los ojos y los volvieron a cerrar.

Si yo cerraba los míos, se aparecía Rosa Eva con más fuerza que las chicas que palpitaban a mi lado.

Luisín y Candidita jugaban a la pelota, y yo volví al agua.

Cuando salí, chorreante, *Flowers* estaba hojeando el *Fedón*.

—¿Es aquí por dónde vas? ¿Por esta marca?

Flowers leyó en alta voz a partir de la pequeña aspa azul:

—«Callad, pues, y mostrad más firmeza.» «Estas palabras nos avergonzaron tanto, que contuvimos nuestros lloros. Sócrates, que continuaba paseándose, dijo al cabo de un rato que notaba ya un gran peso en las piernas y se echó de espaldas en el lecho, según se le había ordenado.»

Flowers tenía una voz fresca, y leía sin tropezar, como una actriz de teatro.

—«Al mismo tiempo se le acercó el hombre que le había dado el tóxico, y después de haberle examinado un momento los pies y las piernas, le apretó con fuerza el pie y le preguntó si lo sentía; Sócrates contestó que no. Enseguida le oprimió las piernas, y subiendo más las manos nos hizo ver que el cuerpo se helaba y tornaba rígido. Y tocándolo nos dijo que cuando el frío llegara al corazón nos abandonaría Sócrates.»

Al final de este párrafo había otra marca azul, y allí dejó de leer. Me sonrió de manera especial, esperando mi aplauso.

El mismo texto parecía distinto leído por Amalio *Dinamita*. En la voz del ex boxeador era más oscuro, solemnemente fúnebre. En la boca de María Luisa eran palabras serenas, tan claras como el mediodía, una muerte sin drama.

Flowers sacudió la arena del libro y lo colocó en

la parte seca de su toalla. Luego se volvió a tender sabiendo que yo la miraba.

Luisín y Candidita dieron por terminado el juego de pelota. Volvieron sofocados y sonrientes. Candidita se fue a la orilla y se dio un chapuzón rápido.

Era muy tarde en la tarde y todavía no habíamos comido.

Las luces se encendieron de pronto. Vega, de noche, parecía más grande, y menos fea.

A la vuelta de la playa, Luisín y yo paseábamos para bajar la copiosa comida. De la Plaza Mayor hasta el Matadero, y del Matadero a la Plaza Mayor.

Atronaba la música de la verbena del barrio obrero, al otro lado del río. Resplandecía la iluminación festiva. En el agua aceitosa sobrenadaban luces amarillas, azules, rojas, como si intentaran no ser arrastradas por la corriente.

—No voy a comer por lo menos en tres días —dijo Luisín—. ¡Qué comilona! Comer cansa mucho, Ludi, te deja sin ganas de nada.

En la playa habíamos empezado a almorzar muy tarde, y se iba acercando la hora en que salía para Vega el último autobús. Candidita desplegó toda la comida a la vez, en un mantel bajo el que la arena creaba montículos, valles y barrancos. Había fiambres de hígado, de jamón y huevo, sanjacobos con pimientos, albóndigas envueltas en láminas de tocino, chuletas empanadas, fritos de lomo rebozado, pechugas de pollo en bechamel. Todo carne. Fruta o verduras no había, en la familia de Candidita eran consideradas flatulentas e indigestas.

Con el último bocado corrimos al autobús, repleto por el buen día de playa; volvimos a Vega apretujados unos contra otros, roces y pieles tostadas. Candidita y Luisín viajaron pegados el uno al otro como si fueran un pastel de hojaldre.

Y ahora Luisín tenía empacho y dolor de huevos.

Pasamos una, dos y tres veces frente al café Metropolitano y ante la barbería de Higinio. Las relaciones con el barbero torero –nunca fue torero, pero con ese epíteto sería recordado–, igual que las que mantenía con el Pelirrojo, se espaciaban. Ya no iba a haber más envíos de queso, o sobaos, o morcillas de anís y orégano. Y mi pelo crecía, y se borraba el corte mohicano de mi cabeza.

Nos habíamos puesto de acuerdo para suprimir las visitas a Higinio y al Pelirrojo. Si me los encontraba, por casualidad, en público, mejor sería que aparentáramos no vernos.

Ellos tenían enemigos, que eran los mismos que perseguían a mi padre. Sobre esos perseguidores, a los que no se nombraba, decían:

–Esperan órdenes. O una acusación en un periódico oficial, o sea, en cualquier periódico. Lo saben todo, pero aquí nadie se mueve si alguien no se lo manda, ni siquiera la policía, ni tampoco los jueces. Son como los perros, tienen más miedo al amo que al ladrón.

Yo me sentía protegido por el tío Pelayo. ¿Él era amo o era perro? No lo sé, pero sí sabía que al café Metropolitano era mejor que no te invitaran a entrar.

Preferible pasar de largo, no mirar siquiera. Si no les miras, ellos no te ven.

Nos habíamos despedido de las chicas, y Luisín y yo paseábamos el uno junto al otro. Las aceras estaban bastante concurridas, algunos iban a la verbena y otros simplemente gozaban del fresco.

El suelo de ladrillos de la Plaza Mayor estaba recalentado, y Félix y Baldomero disponían las mangueras para el riego, sin prisa, esperando a que hubiera menos paseantes.

—Adiós, chavales. ¿Ya no conocéis?

—Adiós, hombre. Adiós, Félix.

Adiós, hasta luego, hola, nos repetíamos continuamente unos y otros.

Nos cruzamos con Álvaro Méndez y su hermano Eloy. Veraneaban en el sur y ya habían vuelto de las vacaciones.

—Hola, Álvaro, te devolveré los tebeos en cuanto quedemos. No sabía que ya estabas aquí. Jo, ninguno como *Mandrake*.

Me miró raro. Quizá acababa de enterarse de lo de mi padre.

Continuamos el paseo entre holas y adioses, a veces repetidos, porque te podías cruzar con los mismos conocidos *n* veces.

Al llegar al Matadero Municipal, los paseantes se daban la vuelta, como si alguien hubiera establecido una regla.

Luisín y yo seguimos adelante sin motivo especial, simplemente yo no disminuí la marcha, y Luisín también continuó.

–Algo te da vueltas en la cabeza, Ludi, te conozco, no creo que estemos andando y andando sólo para que a mí se me pase el dolor de barriga.

–¿Ah, no? –me sorprendí sinceramente.

Pero, al poco rato, en medio de las sombras suburbiales, me encontré hablándole a Luisín como si no tuviera más remedio que hacerlo.

–Imagina a un muchacho enamorado. Ni él mismo esperaba enamorarse de la persona de la que se enamora. Pero no puede evitarlo. Ella es bellísima, y él, que es más bien feo y tímido, se siente atraído al abismo. Porque ella es mayor y está liada con otra persona cercana, muy cercana.

–Hostias.

–Él sabe que ella sufre, que necesita amor y que busca en él afecto, quizá sólo compañía. Pero está desatado, no repara en las consecuencias, hacen el amor y ya no pueden dejar de hacerlo. Es más fuerte que ellos.

–¿Y cómo acaba la cosa?

–No se sabe. Depende.

–¿De tu tía?

Con Luisín era mejor hablar de fábulas y no de historias realistas.

La sombra del monte Véspero hizo la noche más oscura.

Dimos la vuelta.

–Los dioses no conocen prohibiciones –dije, sin venir a cuento–. Hacen el amor con el primero que pasa, con el que les gusta, así, sin más.

Luisín me miró desde el otro lado de sus gafas de redondeles, redondeles y redondeles.

–Pero los humanos no tienen ese poder.

–No. Bueno, lo tienen, pero les da vergüenza usarlo. No son animales ni dioses.

Volví tarde a casa del tío Pelayo adrede. Prefería que ambos, el tío y Rosa Eva, estuvieran ya acostados y no tener que darles las buenas noches, ni rehusar la cena recalentada. Pero al entrar advertí que todas las luces de la casa estaban encendidas. Había algo en el aire, como la presión dentro de una olla.

El tío seguramente se había puesto de pie al oírme llegar. Rosa Eva estaba sentada en el comedor, y la veía de perfil, mirando a la pared, como si alguien la hubiese castigado. O no quisiera verme.

La presión del aire aumentó.

–Ha llegado la notificación de la petición fiscal para tu padre.

Y el estallido, por fin.

–El fiscal pide doce años, por rebelión contra el Estado.

–Por lo menos no le condenan a beber la cicuta –dije.

Al tío Pelayo le apareció en la boca la familiar mueca de asco y cansancio.

–No estamos para bromas, eh. Es tu padre.

Por fin Rosa Eva me miró. Estaba muy pálida, daba una impresión desmayada y algo ausente, como alguien que está perdido.

Ella ponía cara a mis sentimientos.

El tío utilizó un tono declarativo para decir:

–Hemos pensado que debes volver a tu casa, con tu madre. Es mejor que le hagas compañía más rato, y por las noches, claro. Tu tía está de acuerdo. Puedes venir a comer cuando quieras.

Añadió:

–Avisando.

Esa misma noche me puse a recoger mis cosas; saqué la maleta de debajo de la cama y la dejé abierta. Cuando iba a proseguir, me entró una gran desgana. Me quedé sentado en el suelo y en esto apareció Rosa Eva en la puerta. Se apoyó en mí, casi se recostó. Si alguien nos hubiera visto de esa manera, el uno sentado en el suelo y a ella semiacostada, le hubiera parecido algo grotesco, ridículo.

Rosa Eva me pasó la mano por el pelo. La puerta seguía abierta, pero no parecía importarle que pudiera aparecer el tío Pelayo.

Estuvimos un rato callados. Antes de marcharse, dijo:

–Di mi nombre.

Dudé sobre a qué nombre se refería.

–¿Rosa Eva?

–No.

Cuando ya salía, dije:

–Te quiero, Falena.

Se volvió, con una sonrisa.

–Lo sabes todo, ¿verdad?

Dio unos pasos hacia mí y me besó en los labios suavemente.

–Sé que nunca más le volveré a ver.

Así terminó la noche de la primera mañana del mundo.

II. Seis años más tarde

Mi padre metió la mano hasta el fondo vaginal de la vaca. Hurgó brevemente y extrajo un amasijo de tejido blanquecino, entre torrentes de un líquido viscoso.

–Ya está. Tranquila, boba, tranquila.

La vaca pareció sosegarse al oírle y se mantuvo quieta.

Las parias yacían esparcidas por el establo de la abadía.

–Se acabó –dijo.

El animal estaba rescatado de su padecimiento, salvado, librado del mal.

Papá no aceptó el vasito de licor ni el café que le ofrecían los frailes legos. Mientras se lavaba los brazos hasta el codo, manifestó que teníamos prisa, él y yo.

–Me tengo que mudar antes de las ocho, mi mujer es muy sensible al olor a establo. Y eso que está casada con un veterinario.

Se caló la boina, y le dio un toque, ladeándola.

Los frailes estaban satisfechos. Padre había vuelto de la cárcel, y las vacas estarían de nuevo bien atendidas, bien cubiertas, bien paridas.

La tía Rosa Eva no había vivido para verlo. Papá salió un mes de julio, indultado tras cumplir la mitad de la condena, y a Rosa Eva se le paró el corazón el febrero anterior, una tarde gélida de cielo azul.

Nos subimos al Dos Caballos Citroën; mi padre lo dejó deslizarse cuesta abajo, en punto muerto, hacia Vega.

La suspensión del coche dio unos botes al pasar bajo la sombra de la capilla y las cuadras, incienso y boñiga.

A don Amalio ya le habíamos saludado antes, al entrar.

–Arrastra los pies. Pero no es tan viejo –dije.

–Alguna lesión mal curada. ¿Vas a venir al baile? –añadió como si todo fuera lo mismo.

Le dije que sí, pero más tarde. Que no me esperaran.

–A tu madre le gusta que vayas. Presume de hijo. Y yo también.

La cumbre calva del Véspero estaba alargada por un repetidor de televisión. Una estructura aureolada de reflejos e impulsos radioeléctricos.

Al llegar al repecho del cementerio, el suave deslizamiento del Dos Caballos se terminó.

Tras la tapia se veían las tumbas entre hierba fresca y flores silvestres.

No arrancó el coche, se quedó un instante mirando hacia afuera. Después, abrió la puerta.

La tía Rosa Eva estaba enterrada en el panteón de la familia Pelayo, un túmulo de granito gris con verdín en los ángulos y esquinas afiladas.

Los dos nos acercamos hasta la tapia. Desde que le indultaron la pena de cárcel nunca había paseado a solas con él, ni le había acompañado por la montaña.

Empezó a hablar; los dos sabíamos a quién se refería, pero nunca dirigió su vista hacia la tumba de Rosa Eva, sino hacia unas piedras blancas del camino.

–Ella era como un sueño, la mujer más deslumbrante y misteriosa que he conocido. Lo único que siento es no haber podido verla otra vez. Pero así son las cosas, y quizá haya sido mejor que... Me hubiera ido, os habría abandonado a tu madre y a ti, una locura. Cuando se lo decía, sonreía, y luego soltaba una lágrima. Yo me había enamorado, como un colegial, ¿sabes? Sí, como un muchacho. Sentía temblor al encontrarme con ella. Nunca me había ocurrido antes. Un día apareció con el abrigo puesto y una maleta. Dijo: «¿Cuándo nos vamos, capitán?» Me quedé de piedra. Ella me quitó el sombrero que yo llevaba y lo plantó en su cabeza. «La tropa está dispuesta.» Yo seguía sin reaccionar, y entonces abrió la maleta. Estaba vacía, y se echó a reír, como si hubiera sido una broma. Me hizo un saludo militar y se volvió de espaldas.

Siguió:

–Tú ahora eres un hombre, y puedo decirte estas cosas que sólo se pueden hablar entre hombres.

Nos subimos al coche y continuamos la marcha despacio, respirando la brisa del anochecer.

La música del Círculo había comenzado. El batir de la percusión se filtraba a través de los eucaliptos. La distancia hacía que el ritmo sonara como un rock primitivo y brutal.

Le pedí a papá que me dejara allí mismo, que prefería seguir a pie y estirar las piernas.

Tardó un poco en detenerse, no sé si buscando un lugar para apartarse de la calzada o porque dudaba en dejarme ir.

–Bueno, pero no nos hagas esperar.

Le convencí para que fueran ellos por delante. Nos veríamos en el Círculo.

–Hasta luego, hijo.

Mi intención era caminar, perderme un rato y regresar.

En el Círculo estarían ya mis amigos, los que quiero y los otros.

Caminé a buen paso, hasta el punto de no sentir el relente de la noche, ni la humedad de los maizales, ni el viento escalofriante del eucaliptal.

Atravesé los prados altos, y contemplé los puntos de luz de Vega, que se extendían hasta donde tendría que estar el mar.

La negrura del Véspero creció y creció. La montaña se hizo enorme, sin límites.

En los caseríos ladraban los perros; llegaban llantos de niños y sonidos de televisores, y el zumbido de la estructura metálica de la cima. Debía dar la vuelta si quería regresar a Vega, donde me aguardaban.

–Esperadme, amigos. Tengo ganas de estar con vosotros, de música y baile, de alegría.

Pero seguí paseando en dirección contraria.

Voló un pájaro rezagado, y empezaron a oírse los sonidos incomprensibles de la noche. Avisos y llamadas.

No di marcha atrás, proseguí, continué.

Y continúo.

ÍNDICE